風《し》巻《まき》

伊豆春嵐譜

鳴神響一

早川書房

颪巻《しまき》

伊豆春嵐譜

目次

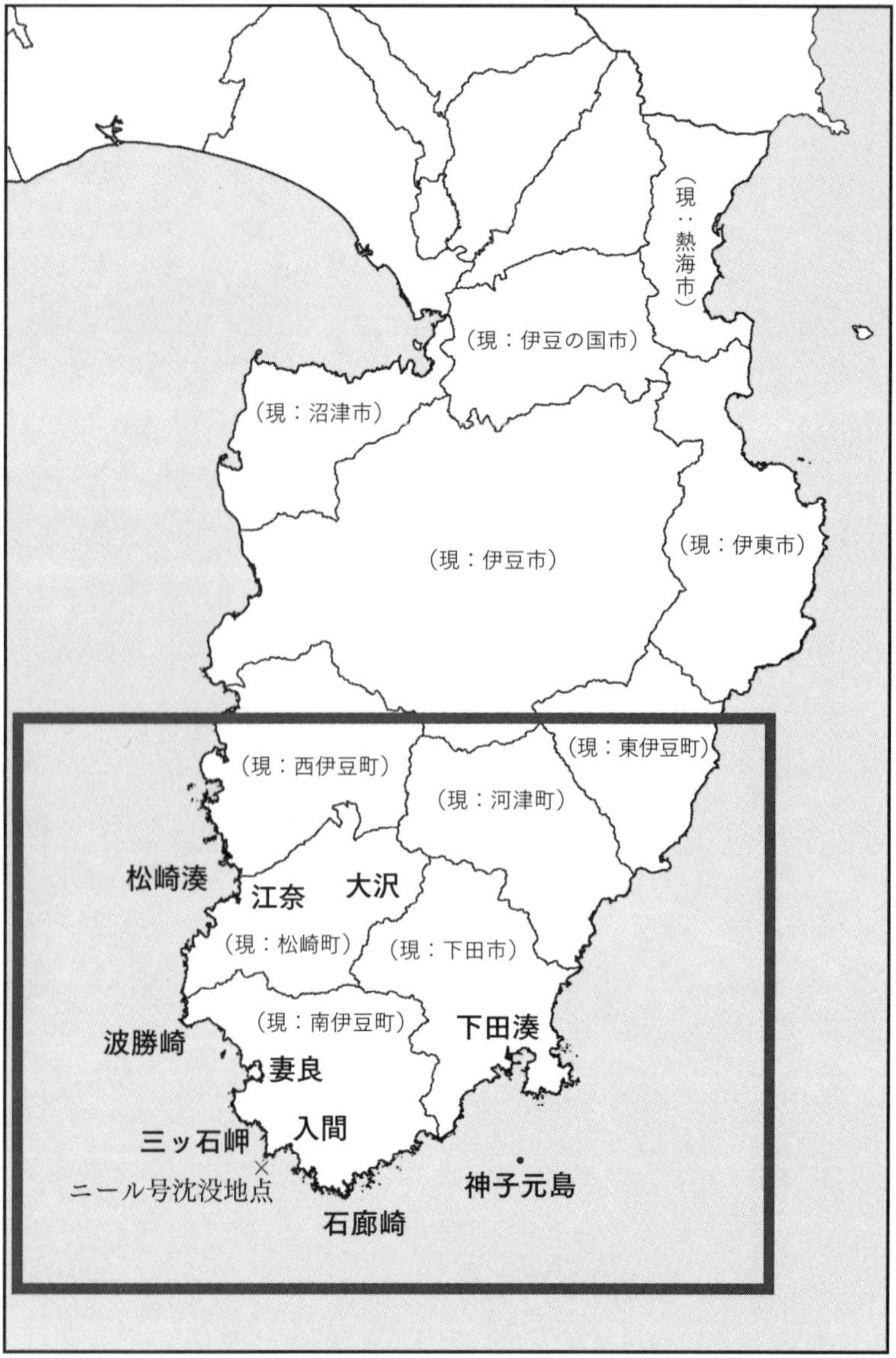

（現：熱海市）
（現：伊豆の国市）
（現：沼津市）
（現：伊豆市）
（現：伊東市）
（現：西伊豆町）
（現：東伊豆町）
（現：河津町）
松崎湊
江奈
大沢
（現：松崎町）
（現：下田市）
（現：南伊豆町）
波勝崎
下田湊
妻良
入間
三ッ石岬
ニール号沈没地点
神子元島
石廊崎

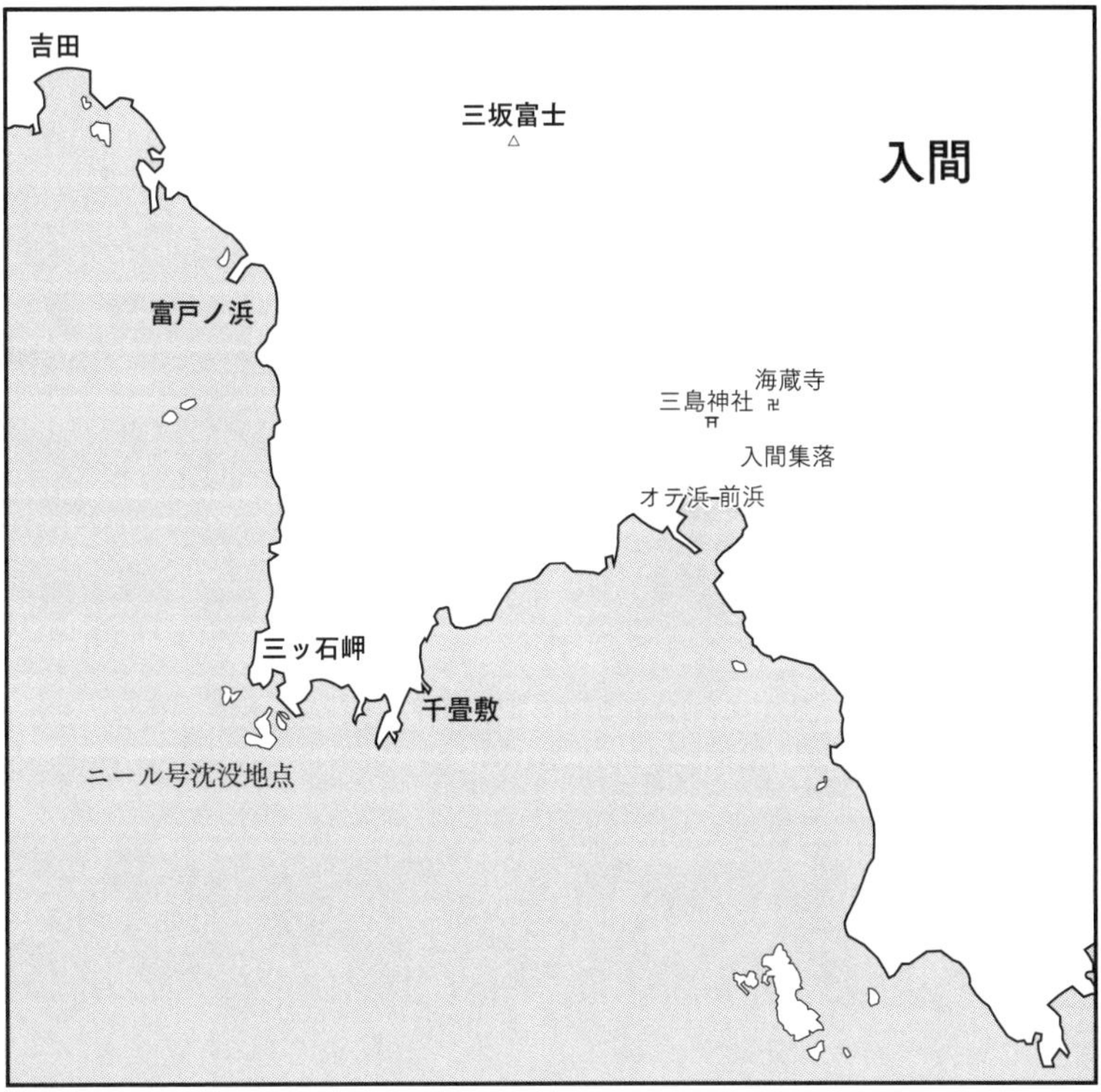

入間
吉田
三坂富士
富戸ノ浜
海蔵寺
三島神社
入間集落
オテ浜
前浜
三ッ石岬
千畳敷
ニール号沈没地点

第一章　友よ嵐の道を駆けよ

1

「ああ、恐ろしいように焼けてるだじゃ」

海蔵寺《かいぞうじ》の石段を下りた達吉《たつきち》は、空を見上げてつぶやいた。

ここから海は見えないが、富戸《ふと》ノ浜《はま》あたりの西空が激しく焼けている。

空いっぱいが緋色と紅緋に燃え立ち、あちこちに浮かぶ群雲の縁は赤黒く沈んでいた。

不動明王の光背を想わせる凄まじさに、達吉は身震いするような恐ろしさを覚えた。

今朝はメジナが豊漁だった。南伊豆入間村の漁師たちは、わりあいと早い刻限に浜に戻ることができた。家に帰って嫂《あによめ》の岩海苔干しの手伝いを終えた達吉は、村の臨済宗の古刹、海蔵寺に北村譲山《きたむらじょうざん》和尚を訪ねたのだった。

還暦近い譲山師は、子どもたちに読み書きを教え、ことごとに大人たちの相談に乗る村随一の知識であった。

達吉は『名字尽くし』から『千字文《せんじもん》』を終えた後も、譲山和尚から四書などの書物を借りて数年来ずっと独学していた。今年になって、『唐詩選《とうしせん》』にも触れている。達吉は漢字の読み書きもある程度はできるようになっていた。

達吉が持っていける謝礼は、ワカメやアオサなどの海藻くらいだが、譲山和尚はいつもこころよく蔵書を貸してくれる。達吉がわからない文字も丁寧に教えてくれた。

今日は『李于鱗《りうりん》唐詩選』の上巻を読み終えて、中巻を借り受けに来たのだった。全文に考訂者である南郭《なんかく》先生（儒者で漢詩人の服部南郭《はっとりなんかく》）の訓点が入っている書物なので、達吉にもなんとか読み下せた。

風呂敷代わりの手ぬぐいに包んだ薄い冊子から、達吉のこころにじわっとあたたかいものがしみ通るようだった。

達吉は日暮前のひとときを、できる限り書物と接する日々を送っていた。

漁師に不相応だと父親や兄は鼻で笑っていたし、なにかと悪く言う村人も多かった。

だが、西陽の差す苫屋で、一人、文字を学ぶとき、達吉は自分のなかに生まれてくる大きな歓びを抑えられなかった。

ゆるやかな坂道を集落へ下ってゆくと、供花を手にした村人たちとすれ違った。

今日は彼岸の入りだった。

海蔵寺の海側の高台には、村で死んだすべての者が葬られる墓所がひろがっている。

「正月もずっと早くなったのに、なんで彼岸は変わらねぇんだら」

達吉はぼんやりと考えた。

元号が明治と改まって七年目の春だった。去年から新暦にあらためられ、今日は三月十八日である。以前なら如月に入ったばかりのはずだった。

新しい暦には誰もが馴染めずにいた。

弥生は草木《くさき》弥生月《いやおいつき》、つまり草木が勢いよく生えてくる時季であって、まだ先のことに感ずる。ようやく桜のつぼみがふくらみ始めたこの季節は、達吉にとっても如月に違いなかった。

坂の下から藍木綿の着物に股引《ももひき》姿の若い男が、足取りもかるく上ってきた。

「おう、達吉っ」

幼なじみの要蔵《ようぞう》だった。しだれ桃の花がいっぱいに咲いた細枝を手にしている。才槌《さいづち》頭にちょっと垂れた目を持つ要蔵は根っからの好人物だった。

巳午生まれで同じく十七を数える要蔵は、同じ船に乗り込んでいる仲間でもあり、村の若い連中のなかではいちばん仲がよかった。

「要蔵は墓参りだか」

「今日は早上がりだったら。手が空いたんで墓参りに来たんだじゃ」

要蔵の父と兄は、二年前に神津島近くの銭洲《ぜんす》からの帰りに船が転覆して、二人そろって水難死していた。

「達吉はどこ行ってきたんだか」

「お寺さんに行ってきた帰りだじゃ」

「また、学問だか」

要蔵はちょっとあきれたように笑った。

「和尚さまから書物を借りてきたんだじゃ」

「達吉は物好きだじゃ。漁師が文字ぃ学んでなんになるんだら」

要蔵はからかうように達吉の胸のあたりを突いた。

「おう、物好きでけっこうだじゃ」

達吉は冗談で返したが、少し淋しくなって話題を変えた。

「それより、西の空があんなに真っ赤に焼けてるら」

「うん、こりゃあ嵐が来るかもしれねぇだら」

空を見上げて、要蔵は眉間にしわを寄せた。

大きな嵐が来る前には水蒸気が多いために、西空が真っ赤に焼けやすい。気象学の知識などなくとも、この浜で生きる漁師で知らない者はいなかった。

「この分だと、彼岸の中日あたりに来そうだじゃ」

「春の嵐は、ことによると秋の野分よりおっかねぇだら」

要蔵は背中をぶるっと震わせた。

「波のようすに気をつけてねぇとな」

「明日には兎が飛ぶんじゃねぇだか」

漁師は白波の波頭を兎に見立てることがある。

明日の朝は漁に出られるだろう。

達吉も要蔵も数日後に訪れるかもしれない春の大嵐を恐れているのだった。

「書物なんど読んでるより、お前《ま》っちも家の支えでもしたほうがええら」

「ああ、そうだな」

達吉は気のない返事をした。

「うちはお袋と二人だから、ぜんぶ俺っち一人でやらなきゃなんねぇだじゃ」

「手が空いたら、お前《ま》っちを手伝いに行くが」

「そりゃ、すまねぇな。そんじゃ」

要蔵は人のよい笑顔を浮かべて右手を挙げると、さっさと歩み去った。

立ち去る背中を見送りながら、達吉はあらためて淋しさを覚えた。

この村で生まれ、父や兄と同じように海へ出て魚を獲る。

やがて村内か隣村くらいから嫁を迎え、男子が産まれたら跡継ぎの漁師として育てる。

老いたら、子や孫の世話になり、死んだら海蔵寺の墓場に葬られる。

運が悪ければ、要蔵の父や兄のように海に生命《いのち》を散らすかもしれない。

そんな一生を、要蔵も、達吉の父や兄も、村の誰もが疑わない。

だが、達吉は、もっと違う生き方を選べないかと思っていた。

李白《りはく》が詠む天際《てんさい》に流れる長江《ちょうこう》という大河や、杜甫《とほ》が平沙《へいさ》と吟ずる大砂漠に連なる万幕《ばんまく》（数多のテント）や、あるいは岑参《しんじん》が謳《うた》う湧き出ずるように聳《そび》える長安の無数の塔……。

学び始めた『唐詩選』の詩句からも、彩り豊かなたくさんの風景がこころに浮かぶ。

そこには無数の人々が暮らすいくつもの街があって、数え切れない喜怒哀楽が生まれては消えてゆくはずだ。そんなひろい世の中をこの目で見て、この肌で実感してみたかった。

遠くからふたつの小さい影が疾風のように近づいて来た。

「俺っちのほうが早いら」

「いんや、俺っちだじゃ」

なにが楽しいのか、笹の枝を手に手に子どもたちが坂を駆け上ってゆく。

あんなふうに要蔵と遊んだ日を達吉は思い出した。

要蔵はかけがえのない仲間だ。

あの子どもたちのように、幼い頃から犬ころのようにじゃれ合って育ってきた。

いまも同じ船に乗って、生きるも死ぬも一緒の時を過ごしている。

気も合うし、いちばん信頼できる村の人間は要蔵にほかならなかった。

だが、世の中を見たいという自分の気持ちを、要蔵にわかってもらうのは無理だった。

譲山和尚をはじめ尊敬できる大人はまわりにもいる。だが、達吉は自分と同じように、ひろい世界を求める友がほしかった。

自分の想いをわかってもらえる友を得ることは無理な話なのだろうか。

「そんなことより嵐だじゃ」

夕凪が終わったのか、裏山の木々がざわついている。

あらためて達吉は気を引き締めた。

冬から春にかけての西南伊豆地方は、毎日のようにつよい季節風に曝される。村の家々はそれなりの備えができている。

春と秋の嵐は別だった。村人の力では防ぎようもないとてつもない烈風が吹き荒れる。

達吉は不安な気持ちを抑えつつ、浜の苫屋に過ぎない自分の家を目指して歩き始めた。

気ぜわしい想いにどうしても早足になった。

マルミという屋号を持つ漁家の板屋根で、二羽のカラスがやけに激しく鳴き交わしていた。

達吉と要蔵の不安は、三日後の彼岸中日の前の晩に現実のものとなった。

2

カネサの板屋根に風神がいる。

鍵屋《かぎや》の板屋根にも、猛り狂った風神がいる。

そこかしこの屋根に風神の眷属の小鬼たちが座って笛を吹いている。

かたわらに蹲《うずくま》っていた達吉の背後に、跳梁する小鬼たちの気配が迫り来る。

達吉は、ぴりぴり震える両の瞳をかっと開いて振り返った。

なだらかな斜面に沿って村の奥へと続く石置きの屋根波には、誰の姿があるはずもなかった。

鈍色の雲の下を、漁夫たちが黒猪《くろっちょ》と呼ぶ、どす黒い雲塊が飛び交っているだけだった。

昨夜は、烈風から自分の家を守るために、ほとんど眠っていなかった。

猛々しい風が村の背後の切り立った雑木林に吹きつけて生まれるモガリ笛が、異界の魔物が騒ぎたてる音に聞こえたのも、異常に昂ぶるこころのためだろう。

横殴りの雨が叩土塁《たたきどるい》に滝のように降り注ぐ。

達吉の身体は、刻一刻と濡れそぼってゆく。ツヅレと呼ばれる藍染刺子の長袢纏は、素鼠に色褪せた裾がぼろ布のように捲き上げられていた。

(梵天は大丈夫つら?)

達吉が心配でならないのは、村に一艘しかない天当船《てんとうせん》、梵天丸のことだけだった。

要蔵と一緒に昨年から乗り組んでいる梵天丸は、自分のすべてを懸けて守るべきものと言ってよかった。乗り組みのなかで当番として梵天丸のようすを見にゆく役目は望むところだった。刺網漁などに使っている雑魚舟《ざこぶね》数艘は、昨日の日暮れ前にオテ浜の傾斜地高くに引き揚げてあるので心配ない。

カツオの沖釣りやカジキの突《つ》きん棒《ぼ》漁に使っている六丁櫓の梵天丸はそうもいかなかった。梵天丸は二十七尺の長さを誇る。村の屈強な男たちの力を合わせてロクロを引いても、コロの備えてある傾斜地の中ほどに引き揚げるのが精一杯だった。

モガリ笛の勢いが弱まり、能管を甲高い音で吹き鳴らすヒシギにも似た音色へと変わった。

「風《かで》が引いた。さぁ、行くが」

達吉は隣に蹲る要蔵に声をかけると、全身に力を込めて立ち上がった。

「ああ。岩小屋までだらっ」

達吉は土塁に穿たれた短い洞門を前浜へと走り出た。

洞門の出口で身体を押し戻そうとする風圧が、達吉の鼓膜に強い痛みを与えた。

土塁の外はまったくの吹きさらしだった。

うなり狂う風の音と、海の底を揺るがす怒濤が、達吉の腹の底に響いた。

左右の手を耳を覆う刺子の盲僧頭巾《もうそうずきん》に添えて、達吉は前傾の姿勢をとった。

顔をしかめ、薄目を開けて十間ほど先の前浜端の岩小屋を目指して走り出す。

全身に飛砂混じりの雨が襲い懸かってきた。頭巾から覗いた顔に濡れた砂が不快に爆ぜる。飛び交う小枝が胸に当たった。

達吉は、風の谷間を縫って走り出たはずだった。

だが、石廊崎方向の入江左手に浮かぶ住吉島《すみよしじま》から吹きつける坤《ひつじさる》（南西）の烈風は、達吉たちを押し倒そうとして手ぐすねを引いて待っていた。

突如として空気の塊が、身体の前面に突き当たった。達吉は腰を落とし、足を開くことで烈風の不意打ちに堪えた。

次の瞬間、目に見えぬ力に達吉は背中から引っ張られた。五尺五寸の身体は、砂岩の岩場に叩き伏せられた。

濡れた岩盤に顔面を打ちつけ、目には火花が散ってこげ臭い匂いが鼻腔に広がった。

口のなかを切って、血の味がする唾を達吉は地に吐いた。

（くそっ。何たら、こんな風っ）

岩場に這いつくばった達吉は、痛む顔面に右手を当てながら腹が立ってきた。梵天丸を気遣う自分を故なく阻む風の力は理不尽なものに感じられた。

達吉は四肢に力を込め立ち上がろうとしたが、抗えば抗うほど、烈風は嵩にかかったように吹きつけてくる。達吉の身体は強い力で地べたに抑えつけられ続けた。

歯を食いしばって地に伏していると、ふっと、すべての音が遠ざかって聞こえた。

風の谷間が生まれたのである。

素早く起き上がった達吉は一気に岩小屋を目がけて走った。

「まったく、ええ風だじゃ」

頬を紅潮させた要蔵の声が、岩小屋の壁にはね返ってこだました。

前浜の岩小屋に、二人は身体を曲げて転がり込むことができた。大岩と大岩の隙間にできた空間を、村の者たちは岩小屋と呼んでいた。大人が三人ほど立っていられる広さがあった。

達吉ははやる気持ちを抑えて、入江全体と、これから向かうべきオテ浜の方向を注視した。

入江の出口近くに突き出た三ッ根の磯に高さ五丈にも及ぶ白い波柱が立ち昇っている。波の飛沫は霧のように宙を流れ、海水の幕が数丈の高さに生まれては消えていた。

「風の隙を衝いて走るしか手はねぇら」

達吉が覚悟を決めて言うと、要蔵は眉間にしわを寄せてうなずいた。

すぐに二人は岩小屋を飛び出した。

二人は烈風の汀を懸命に駆け抜けて、なんとかオテ浜の傾斜地へと曲がる角まで辿り着いた。

背後に村を控えた前浜とは異なり、オテ浜は狭い傾斜地の浜である。三方を灰黄色の砂岩の断崖に囲まれ、断崖上には三ッ石《みついし》岬へ続く照葉樹の森がひろがっていた。

傾斜地の高いところに、雑魚舟は昨夜に違わぬ姿で伏せてあった。

不安な気持ちを抑えながら、達吉は傾斜地中ほどの梵天丸へと目を移した。

「ああ。梵天が……」

達吉は悲痛な声をあげた。水押《みよし》に優美な曲線を描く梵天丸は、傾斜地の上で無惨に傾いて船底の敷を宙に曝し、胴ノ間は半分も砂浜に埋もれていた。

上棚に受けた風のためだろう。四本の三尺余の棒杭はすべて抜け落ち、もやい縄をつけたまま砂地に横倒しになっていた。

胴ノ間には大きな石塊を荒籠に目一杯に詰め込んだ重しを四つ載せてあった。トベラやウバメガシなどが散乱する砂地に荒籠は引っくり返って、すべての石塊が砂地に転がり出ていた。

「梵天に傷は、傷はねぇか……」

要蔵の心細げな声が響く。

二人は、飛んでくる小枝に注意しながら、傾いた船体の端から丹念に見て廻った。

「大丈夫だじゃ」

達吉は胸を撫で下ろして要蔵に答えた。

オテ浜西の石段上に安置されている海神の祠に向き直って両の掌を合わせる。要蔵も神妙な顔で祠を拝んだ。

「こんなところから失礼ですけど、梵天をお護り下さってありがとうごぜぇやす」

海神さまに礼を言うと、二人は傾斜地の下のほうに転がっているコロに使っていた五尺余りの丸太を手に手に拾ってきた。下棚が埋もれた砂地に丸太を食い込ませて梃子にした。

「そーりゃ」

二人は声を揃え力を合わせて渾身の力を込めて梃子に全身の重さを掛けた。

だが、梵天丸はびくとも動いてくれない。

達吉の腕が震え、力こぶが破裂しそうに盛りあがる。草鞋が湿った砂の上を滑る。鼓動が速まって、どんどん息が上がってくる。

「おーし。あとちょいだぁ」

眼がちかちかするほど力を入れると、梵天丸はずずっという音を立てて傾きを戻していった。

二人は杭を打ち、苫の覆いをかけ直し、最後に向かい合う姿勢になって荒縄で覆いを留める作業に入った。

雨は弱まり始めていた。達吉は頬に貼りついたトベラの葉を手の甲で拭って剝がした。顔に当たる風の温度がはっきりと上がって来ていた。

「風が温《ぬ》くてぇ。もう、そうそう、えれぇ風は吹かねぇら」

達吉は明るい気持ちになって、傍らで綱を結び直している要蔵に呼びかけた。

温暖前線の通過後は気温が急上昇する。春の嵐の特徴の一つで、嵐の峠が過ぎたことは、風の村である入間で生まれ育ち、日々漁場に出ている達吉にはわかる。

「お前《ま》っちの言うとおりかもしれねぇ。雨の勢いもだいぶ弱くなったじゃ……」

才槌頭を上げ、要蔵は表情をゆるめて答えた。

次の刹那、要蔵の目が突然まん丸くなった。

「いっ」

要蔵は歯を剝き出して絶句するや、全身を凍りつかせた。

がくがくと震え始めた要蔵は、達吉の背中越しに前浜を指さしている。

「どうした」

何気なく振り返った達吉の目に、異様なものが飛び込んできた。瞬間、達吉の心ノ臓はどきんと大きく波打った。

「ありゃあ……いってぇ」

達吉の声は裏返った。

遠く前浜の波打ち際に、奇怪な人影が立っている。

六尺はありそうな大男が、両手を前に突き出してふらふらと砂丘の斜面を登り始めている。

男は筋肉の秀でた上半身を風にさらし、腰には白い薄物のような布地を貼りつかせていた。笠も被っていなければ簑も羽織っておらず、全身が濡れ鼠である。

だが、裸身に近い形装《なり》にもまして達吉を驚かせたのは、風に揺れる黄色いざんばら髪だった。筋肉の盛り上がりの目立つ上腕も、胸から腹にかけての肌も赤鬼に似た色に見えた。

（まさか、風の神さぁじゃねぇだら……）

モガリ笛の主が、空から落ちてきた……。男を異界の者と考えたとたんに達吉の眼は眩んだ。男と前浜が目の前に近づいたり、はるかに遠ざかったりした。

「う……海坊主だじゃ……」

向かいにしゃがんでいた要蔵が呻き声を上げた。潮水を滴らせた大柄な姿は、海上で出会う船に災厄をもたらすと伝えられる海坊主が、浜に上がってきたようにも見えた。

やがて、砂丘の中ほどで背を曲げ、地に膝をついた男は、天を仰いで咆吼した。風の音に遮られて何を叫んでいるのかは聞こえない。

男は、そのまま地に顔を伏せたまま、動かなくなった。

達吉は前歯で噛んでいた下唇からにじむ血の味を覚えた。恐怖のためなのか、あるいは激しい緊張のためなのかは、自分でもわからなかった。

異形の男の子牛のような背中を見ているうちに、達吉の胸に炎のようなものが燃えあがった。

この浜を侵す者であれば、たとえ相手が風神だろうが海坊主だろうが、放ってはおけぬ。

達吉は左右の拳を堅く握りしめ、両足を開いて起ち上がった。

「行ってみるが」

自らを奮い立たせるために、達吉はあえて大きな声を張りあげた。

「お、お、お前っちが一人で行け」

歯をがちがちと鳴らしながら、大きくかぶりを振る要蔵の肩をかるく小突いた。

「お前っちもだじゃ」

達吉は立ちあがると、傍らに転がっていた八尺余りの竹の水棹《みさお》を手に取った。

要蔵もしぶしぶ立ち、もう一本の水棹を拾った。

手に手に水棹を構え、達吉たちは傾斜地をいっさんに駆け下りた。湿った砂をはね上げながら、二人は前浜へと疾駆した。

前浜近くなると、風はふたたび勢いを盛り返し、村の背後の山からはモガリ笛の音が響いてきた。漁に使う赤い小旗の端布が網小屋から飛ばされて宙を舞っている。

先刻、身を隠した前浜西端の岩小屋に二人は飛び込んだ。

達吉は二枚の大岩の間から首を出して、砂丘上にある男の姿をしっかと見た。

(異人だじゃ)

達吉の頭のなかに、明かりが点いたようにひらめきが浮かんだ。

これがほかの地方の僻村であれば、男は海坊主だ、天狗だ、赤鬼だと騒がれるだろう。あるいは村人たちに寄ってたかって叩き殺されるかもしれない。

しかし、入間は海路を辿って石廊崎を東へ回れば五里余りで下田湊という土地柄である。

達吉の家から三軒隣には若い頃、下田の川端通りで芸妓をしていた梅という老女が孫夫婦と住んでいた。梅は二十年ほど前に下田に寄港したペリー艦隊と、続いて来航したロシア艦隊やフランス艦隊の士卒の酒席に侍った経験を持っていた。

――まっ白な肌の色目で、酒を呑まなくても赤い顔、酒を呑めば赤鬼そのものだじゃ。眼も髪も茶色かったり黄色かったり、何より背が高くて柄がいかい（大きい）……。

下田玉泉寺《ぎょくせんじ》に駐在した米国総領事ハリスを、山越えして見物に行ったたという大人たちの話からも、男が遠い異国からやってきた西洋人であることは見当がついた。

風向きは巽（南東）に変わり、忽然として暴風は猛々しさを失った。

「さ。行くが」

身を硬くしている要蔵の背中をどやしつけて、達吉は大股に岩小屋を歩み出た。

草鞋を砂にめり込ませながら、達吉は一歩一歩慎重に、つくばう男に近づいた。

要蔵も水棹を構え、頭を低くして、おずおずと後をついてきた。

大柄な漁師のなかにもこれくらいの背丈の男はいるかもしれない。だが、がっしりした肉厚な肩と、ぶ厚い胸板は、剣技自慢の士族たちにもなかなか見られぬだろう。

勇を奮って、達吉はさらに歩みを進めた。

異人と一間半ほどの間合いを取った達吉は、砂にめり込みそうになる足元を踏みしめた。

達吉は水棹を構え直した。

深く息を吸って、貼りつく舌をはがすようにして男に声をかけた。

「こ、この村に何の用がある」

腹の底に力を入れようとしたが、出てきた声は情けなく震えてしまった。

男は獣のような姿勢で砂に両手をついたまま、ゆっくりと顔をあげた。

岩に刻みつけたようなごつごつとした輪郭の中央に高い鼻を持っている。不思議な顔つきだが、まぎれもなく人間である。

ざんばら髪が風に巻き上げられて凄まじい感じを与えるが、決して海坊主でも風神でもない。

四角い額の左半分に大きな裂傷があって血が流れ出して、肌を濡らした雨水に溶けていた。

力なく開かれた灰青色の瞳で、あたりをぼんやりと見ていた男は、達吉たちへと顔を向けた。

「Naufrage……」（難船だ……）

唇がかすかに動いて異人は言葉を漏らした。声帯に全く力の入っていないかすれ声だった。

達吉は水棹を砂の上に放ると、自分でも驚くほどはっきりとした声を出した。

「怪我ぁしてんのか？」

「Mon épouse mes filles……」（妻と娘を……）

男は左ひじを砂地に埋もれさせたまま、震える右手をわずかにあげて沖合を指し示した。

異人の言葉は、村の三島神社の祭礼の時に村に来る修験者の唱える呪文のようにしか聞こえない。達吉たちに意味が理解できるわけもなかった。

「Aidez, pardon....aidez」（助けてくれ、お願いだ。……助けてくれ）

ふたたび前のめりに突っ伏した男は、そのまま腕を砂に埋めて動かなくなった。背中の数カ所の裂傷から流れ出る血が痛々しく達吉の目に沁みた。

「達吉。こりゃあ……」

答はひとつしかなかった。

「ああ。船が沈んだに違いねぇ。この異人は浜まで泳いできたんだじゃ」

昨夜からのひどい嵐のことだ。異人を乗せた船が沖合で暴風に遭って難破したのだ。

潮流の速い石廊崎近辺は難船の名所であり、千石船のような上方からの大きな廻船が難破することも度々であった。南伊豆の漁師は誰しも難船には慣れていた。

「沖ぃ指さしてたな」

要蔵は白波が激しく逆巻く沖を見て、不安げな声を出した。

「仲間が、まだ、沖にいるんつら」

「どうすればいいんだら」

「俺っち、旦那さぁ、呼んでくら」

踵を返そうとした達吉の肩を、要蔵の四角い手ががしりとつかんだ。

「俺っちが加美家《かみや》に行く」

異人と二人きりにされるのはたまらないと思ったのだろう。達吉の返事を待たずに、要蔵は村の方角へ走り出した。

加美家は梵天丸を始め、入間の漁船のほとんどを持っている船主《ふなぬし》（網元）の屋号だった。「旦那さぁ」とは当主の外岡文平《とのおかぶんぺい》のことである。

自分たちに解決できない難問があると、村人が頼るべきは文平を措いてほかにはなかった。

異人は気を失ったままだった。荒海を泳ぎ切ったための衰弱が訪れたのである。

達吉は、大きな肩に手を掛けて、身体をそっと右向きに横にした。

異人は無意識に両手で腹を抱えて海老のように全身を丸めた。

みぞおちの下あたりをかるく押し、口角を引き下げる。空気を排出する鈍い音とともに、異人はかなりの水を砂地に吐いた。

「やっぱり、水を呑んでいたか……」

背中に触れてみると、亡骸のように冷たかった。春を迎えて海水は少しはあたたかくなってはいたが、この季節でも一刻も海中にいれば、どんな漁夫でも助かるまい。

首に巻いていた古手拭いを緩めると、達吉は固く絞った。背中の血を拭い取って、丸まった肩のほうから丸い輪を描くようにして擦り始めた。

3

遠く沖合の空に雷鳴が轟いた。雲の流れが変わったのか、雨もほとんど上がりかけている。だが、いつまた、風が勢いを盛り返すかは油断ができなかった。

村の方角から半鐘の甲高い音が空気を引き裂いて響き始めた。古い半鐘は、三島神社が建つ丘に設えられた火見櫓に吊されていた。

三点打ちを二回ずつ重ねる叩き方は、村人に非常の参集を促していた。せわしない音が入江に何度もはね返って前浜に響き渡った。

「達吉ーっ」

よく通る低音が風の音に混じって聞こえてきた。振り返ると、砂丘の上端に東西に延びた道から達吉と同じくらいの背丈の文平が駆け下りてきた。

口に美の文字を白く染め抜いた藍地の袢纏を身につけた三人の下男と要蔵を従えている。下男のうちの二人は古い戸板を運んできた。

「旦那さぁ。ここだ、ここだ」

救われたような気持ちになって達吉は声を張りあげた。

文平は二年前に父親を亡くして加美家の名跡を継いだが、壮年を迎えたばかりの三十六だった。思いやりにあふれた若い当主には、練熟の老漁師たちも敬愛の情を抱いていた。

文平は瞬時、立ち止まって達吉に手を挙げて応えた。と、思うや、突然、誰かに肩を突かれたような感じで仰向けにひっくり返った。

異人をそのままにして、達吉は文平のそばに駆け寄った。

達吉は加美家の下男たちとともに、すでに半身を起こしている文平の身体を抱え起こした。

「旦那さぁは、俺っちと違って浜風にも慣れてねぇ。まずは岩小屋にいてくらっせい」

立ちあがった文平は眉根にしわを寄せて厳しい顔つきになった。

「そんなわけにはいかん。油断しただけだ」

着物にこびりついた濡れた砂を落としながら、文平は毅然とした調子で答えた。

文平は、璃寛茶《りかんちゃ》の筒袖に共布の袖無羽織を羽織り、裾のすぼまった軽衫袴という物堅い形装《なり》をしていた。眉が太く鼻筋の通った顔立ちには、古くから苗字帯刀を許された入間の名主にふさわしい貫禄があった。

文平は少しの躊躇も見せずに、先頭に立って異人が倒れている場所へと歩き始めた。

達吉と要蔵は文平の背中を追って砂丘を下りていった。年かさの下男頭と戸板を運ぶ屈強な若者たちが後に続いた。

六人の人間が取り囲んでも、異人は大きな瞳を閉じたまま、何らの反応も見せなかった。

「この男か」

傍らに立った文平は乾いた声を出した。

「へぇ。こいつの乗ってた船が、嵐にやられたんだと思いやす」

うなずいてその場にしゃがみこんだ文平は、血の気の失せた異人の顔を静かな表情で眺めた。

「息はしっかりしてますけど、身体が冷えちまってて……」

達吉は、異人の衰弱が自分のせいでもあるかのように肩をすくめて答えた。

「とにかく休ませねばならん……。おい、弥五八《やごはち》と供蔵《ともぞう》は異人を屋敷まで運べ」

立ちあがった文平は、後で伸びあがるようにして異人を見ていた下男たちに声を掛けた。

若い下男たちは黙って頭を下げると、戸板を異人の傍らに置いた。

「頭を打っているといけない。静かに抱え上げろ」

弥五八が腋の下に手を廻して上半身を抱え、供蔵は両脚を持って身体を戸板の上に載せた。

「屋敷に着いたら囲炉裏《ゆるい》のそばで着替えさせろ。それから粥《おやく》を与えるんだ。いいな、あまりたくさん喰わせるな。腹を破らんように二椀でいい。異人を親戚のつもりで親身に扱うように家の者に伝えろ……だいぶん弱っているようだ。さぁ、早く連れて行け」

散切の髪を風になびかせながら、文平は二人の若者に命じた。

下男たちが頭を下げてその場で立ちあがろうとすると、異人は戸板の上で天を向いたまま薄目を開け、喉の奥から絞り出すように輪郭のはっきりしない声を出した。

「Pardon..., Pardon..., Aidez...」（どうか……どうか……助けてくれ……）

「ゆっくり、休むがいい……」

文平は異人を安堵させるようにやさしい声を出すと、下男たちを目顔で促した。

下男たちは太い腕でしっかりと戸板を持ちながら、一歩一歩、村のほうへと歩み始めた。

「治三郎《やさぶろう》、次はお前に頼みたい」

「手前は何を致せばよろしゅうございますか」

小柄な下男頭の治三郎は腫れぼったい細く垂れ下がった眼で文平を見上げた。

この五十男の几帳面なしわの多い四角い顔やもったいぶった態度に接するたびに、漁場の人間というよりは代官所の役人を見ている気がしてくる。

実際に、治三郎は武家の出だという話だった。

「妻良《めら》、子浦《こうら》、伊浜《いはま》、長津呂《ながつろ》の網元に、入間の沖で異人を乗せた船が沈んだと報せる手はずを整えろ。村々の網元には何かあったら、まずは加美家へ報せてくれと告げて廻れ」

「すぐに加美家《うち》の若い者に廻らせせましょう」

治三郎は眼をしばたたかせながら答えた。昨夜は加美家の奉公人たちも嵐と戦って、ろくに眠っていないはずである。

「わたしは三ッ石岬を見に行くから、乗り子のなかで庵僧《あんそう》の岬を見に行く者を五人ばかり決めろ。沖に沈んでいる船がないかを確かめるんだ。残りの者はオテ浜に集まるように手配してくれ」

入間の入江を挟んだ東西ふたつの岬の突端近くまで行けば、船影が見えるかもしれない。

「はい。万事、仰せつけの通りにいたします」

忠実な下男頭は慇懃な調子で半白の頭を下げた。風の状態を確かめながら、治三郎は油断ない身のこなしで小走りに砂丘を登っていった。

村の方角からモガリ笛がにぎやかに聞こえ始めた。ふたたび風向きが坤に変わったのだ。

連続的な強風が吹きつけ、小枝が飛んできた。わらでできた漁具が宙を舞っている。前浜は風神の支配する修羅場へと戻っていった。

突風に濡れた砂が巻き上げられた。

「これはかなわん」

顔に大量の飛砂を浴びて、文平が悲鳴をあげた。

「達吉と要蔵は一緒に来い。先にわたしたちだけで、三ッ石岬に行くぞ」

「へいっ」

「わかりやした」

下命を待っていた二人は力強く答えた。

三ッ石岬へ登る道は、オテ浜西の海神を祀る祠脇から始まっていた。文平は素手で頭を抱えるとオテ浜の方向へ走り始めた。

達吉は湿った草鞋の紐を締め直した。吹き荒れ始めた風のなか、文平の後について、達吉も頭を守りながら西の方角を目指して走り始めた。

達吉たち三人は、照葉樹林帯のなかに続く山道を歩いた。

左手の足元から断崖に砕ける波音がすさまじく響くが、うっそうとした林のおかげで風はずいぶんと静かになった。

四半刻ほど歩くと林が切れて風が吹き上げてきた。眼下には白茶色の滑らかな砂岩が露呈する千畳敷がひろがった。

懸命に足を踏みしめて、三人はだだっ広い岩棚の東端にある岩小屋まで進んで身を隠した。

千畳敷の岩小屋は、どこから飛ばされてきたのか、岩棚の地質とは異なる黒っぽい円礫岩の巨岩が向かい合わせに重なったものであった。前浜で隠れた岩小屋の倍以上の大きさで、大人が六人は立っていられる広さがあった。

「旦那さぁは待っててくらっせぇ。まず俺っちが見に行ってくるが」

達吉の声が内側の岩壁に響き渡った。

「わたしも行く。お前一人に危ない思いはさせられぬ」

文平は座っていた岩塊から腰を浮かしかけた。

「ええから、ここにいてくらっせぇ」

達吉は、胸の前で開いた両手を上下に振って文平の挙動を押しとどめた。

「要蔵もここにおれ。沖ぃ見る眼は二つでたくさんだじゃ」

岩小屋から飛び出したとたん、達吉は風の攻撃を受けて岩小屋に押し戻された。

曲がりなりにも入江に囲まれているオテ浜や前浜と比べ、千畳敷の風はさらに激烈だった。

岬に当たる風は先端に近くなればなるほど、気流の収斂によって凶悪に吹き荒れる。おまけに千畳敷の台地の背後は、五重塔を三つ重ねたよりも高く、屏風のように切り立つ断崖であった。海から吹きつける風は断崖にまともに突き当たるがため、乱れに乱れた気流は刻々と変化する大気の渦を生むのである。

達吉は、身体を岩棚に伏した。

匍匐しながら北の端へと進むしかなかった。岩漕ぎをする度に左右の腕も両の足も岩盤に擦れて痛むが、前進するにはほかに手段はなかった。

この場所で風に挑むことは、直ちに死を意味していた。

突風が止まない限りは、半身を起こしただけでも吹き飛ばされる。達吉の身体は荒れ狂う激浪のなかに突き落とされるに違いなかった。

台地の縁まで飛ばされただけでも、即座に数丈もある高波にさらわれるに違いない。ひとたび海に落ちたら、およそ生還は考えられなかった。

だが、岬方向の沖合が眺められる台地の北端まで移動しなければ、千畳敷まで一町の山道を歩いてきた意味はなかった。

風と風の谷間のわずかな隙間をつかんで、浅瀬を這う海牛のように進む。それだけが今の達吉にできることだった。

大気の渦は波頭の水を高く巻き上げ、達吉は全身に何度も潮水を被った。

（くそっ。まだ見えねぇ。あと少しだら）

わずかに顔だけあげた達吉は、こころのなかで舌打ちした。いまだに三ッ石岬方向の海面は目の前に隆起した岩塊に遮られていた。

鈍い轟音をあげながら頭上を猛風が駆け抜けてゆく。達吉は辛うじて地表に留まっていた。

そのとき、台地を渦巻いていた風が、坤の一定方向に定まった。

(よし、前に行ける……)

達吉は岩の上を泳ぐように手足を動かして慎重に身体を前に進めた。

視界が急に明るくなった。

(やった。海が見えたが)

波頭が水煙となって風に舞う海面が見えた。

磯にぶつかっては砕ける波浪を通して、大きな岩礁の加賀根《かがね》が視界に飛び込んできた。

右手には尖った三角形の峻険な三ッ石岬が見えた。

達吉は眼を見開いて、加賀根左方のうねる海面を一心に見つめた。

腹が立つほど見通しが利かなかった。晴れた日の十分の一くらいだろうか。

二度、三度と視線を動かしているうちに、達吉は海面のある一点で波飛沫がゆらゆらとうねっている異状に気づいた。左手の遠い波間から白い棒状のものが突き出ている。

漁夫たちが白根と呼んでいるあたりの海だった。加賀根と比べてみて一丈(約三メートル)ほどの高さがあることがわかった。

一昨日、メジナ漁に出たときも白根あたりは通ったが、そんな異物はなかった。

帆柱の先端に赤っぽい旗状のものが結びつけられ、ぼろ切れのように風に翻弄されている。

「見つけたじゃあ」

聞こえるはずもない岩小屋を振り返って達吉は叫んでいた。

達吉は慎重に岩漕ぎを続けて岩小屋への帰り道を進んだ。

風を背から受ける戻り道は、行きよりはずいぶんとマシだった。このあたりは姿勢を低くして歩けるほどに風は収まっていた。

達吉の姿に気づいた文平と要蔵が次々に姿を現した。

「旦那さぁ、帆柱だじゃ」

駆け寄った達吉は叫び声を上げた。

「やはり難船か……どのあたりだ」

「白根の近くだが。白い帆柱だじゃ。一丈くらい波から出てて、先っぽに赤い旗が見えたが」

達吉はうわずった声で答えた。

「赤い檣頭旗《しょうとうき》となると、和船ではないな……」

文平の顔が激しくこわばった。

和船では帆柱の頭に旗を掲げる習慣はなかった。

「沖に取り残された者がいるかもしれぬ。村の者総出で難船者を救わねばならぬ。村へ戻るぞ」

重々しい表情で文平は命じた。

文平が先頭になって達吉たちは村へ向けて歩き始めた。

振り返って文平がかすかに微笑んだ。

「達吉、よくやった」

「ありがとうごぜえやす」

達吉は耳が熱くなった。
達吉たちは照葉樹の森に続く小径を登り始めた。
ざわめく木の葉を縫って、村の方角からふたたび半鐘の音が響いてきた。

第二章　荒海《あるみ》へ出でよ

1

藪椿の鮮やかな紅い花に彩られた山道を下り、達吉たちはオテ浜の砂丘の頂きに飛び出した。

いきなり嵐の後特有の生臭い匂いが鼻を衝いた。

匂いを吹き飛ばしていた坤から吹く風が、凶暴な勢いを失っている。それでも強風と呼べる強さを保ってはいたが、烈風の地獄だった千畳敷から戻ってきた達吉には、そよ風のようにしか感じられなかった。

浜先には、村中の人々が集まっていた。三百人を超える入間村の三十六戸の住民が、こぞってオテ浜に集ったように見えた。

老若の女房たちが浜辺に打ち寄せられた流木を拾っていた。

海辺の村では嵐の後しばらくは焚き付けにこと欠かない。とは言え、砂地に散乱した大量の流木と、まとわりつく海藻を取り除かなければ、湿った漁網を干すこともできなかった。

嵐の危機を乗り切った漁村にはたくさんの後始末が残っていた。

殺気立つ母親たちのまわりには、筒袖の幼子が見よう見真似で小さな枝を拾う姿が見られた。

文平の姿に気づいた八人ほどの男衆が走り寄ってきた。

「旦那さぁー」

駆け寄ってきた男衆の先頭で、漁夫の清作《せいさく》が息を弾ませていた。

梵天丸の艫櫓《ともろ》と呼ばれる楫取《かじとり》役をしている練達の漁師で、二十七を数える引き締まった身体つきの男だった。艫櫓は、四挺以上を持つ船でもっとも船尾に近い櫓自体を指す言葉でもある。

「異人の仏さまが二人、流れ着いてるんで」

「そうか……どこだ」

文平は乾いた声で答えた。

「へぇ。こっちでやす」

清作は右手の掌をひらひらさせて浜先を指すと先に立って走り始めた。

ゆるやかな曲線を描くオテ浜の両端に二つの人垣が生まれていた。いずれも砂丘を中ほどまで下ったあたりだった。

手前の群衆のなかには、長身の達吉の兄も、父の堅太りの姿も見えた。梵天丸に乗り組む若い漁夫たちも勢揃いしていた。村人たちは熱っぽく喧しく喋っていた。

「一人めはここでして」

人々は清作の声に振り返り、文平の姿を見ると、いっせいに頭を下げて通り道を開けた。

波打ち際より十間ばかりのところに筵が敷かれ、漂着した亡骸が仰向けに寝かせられていた。

「旦那さぁ、お疲れでやしょう」

人垣の中心に立っていた乗り子総代の源治《げんじ》が、文平に労いの言葉をかけてきた。

海のことなら何もかも知っている源治に、達吉は日頃から畏敬の念を抱いていた。

「かわいそうに、ひでぇ面になっちまって……」

潮焼けした顔に深いしわを刻んだ源治は、亡骸に目をやって寒々とした声を出した。水死者の亡骸ほど漁師にとって嫌なものはない。

この男も異人だった。細い顔の真ん中に高い鼻が目立ち、栗色の髪を短く刈り込んでいる。前浜に辿り着いたあの男よりは若かった。

顔面には無数の傷があった。右の額に柘榴の実のように裂けた傷跡が大きく口を開けている。青い横縞の入った肌にぴったりと貼りつく上衣を着て、白い筒っぽを穿いている。

「こいつは船乗りだと思いやす」

「なるほど。源治、これだな」

文平が指さす先の二の腕には藍色で碇らしきものを描いた彫物があった。

「へぇ、さようで。それと掌に櫓胼胝《ろだこ》がござせいやす」

文平がうなずくと、清作が背中から声を掛けた。

「もう一人は、あっちでやす」

清作の指さす先にもうひとつの黒い人垣が見えた。

文平と達吉たちは清作に先導されて異人の亡骸を離れて砂丘を村側へと横切っていった。

「南無喝囉怛那、哆囉夜耶、南無阿唎耶、婆盧羯帝爍盋囉耶……」

人垣のなかから譲山和尚の読経の声が朗々と響いてきた。

「これは文平どの。大嵐を衝いてのご出馬、ご苦労じゃな」

譲山和尚は経を読むことを止めて、嗄れがちの声で文平に会釈した。

「和尚こそ、早速の御回向、痛み入ります」

文平は袴に手を添えて丁重に頭を下げた。

「かかる椿事は、長らく生きてきた拙僧にも初めてでおざるよ。今を去る二十年余の昔、下田に墨夷《ぼくい》を参観に行ったことはある。が、まさか、この浜に異人が流れ着くとはのう……」

譲山和尚は白いあご髭をしごきながら、感慨深げな声を出した。

亡骸は唐人と思われた。生命の持つ美しさを失った血の気のない顔。西洋人の遺体よりは黄色く、達吉たちと同じような肌の色を持っていた。

黒髪は頭頂部以外を剃り落とし、長く編んで後に垂らした辮髪であった。

この男も若く、袖の短い黒色の上衣と共布の筒っぽを穿いていた。目立った傷はなく、唐人は溺死したものと思われた。

砂地に立てられた線香の束から紫煙が水平にたなびいている。

「ところで、加美家に運ばれた異人はよく眠っておる。あの男は生命には別状なさそうじゃな」

老僧はいくらか明るい声になった。

村人の尊崇を集める老僧はまた、医術の知識もいくらかは持っていた。医師を下田か松崎に半日がかりで呼びに行かねばならぬ入間村にとって、なくてはならぬ人物であった。

「それを伺って安堵しました。和尚にはお手間をかけました」

文平はほっとした声を出した。

「いやなに、幸いにもこの嵐では、寺は大したことはなかったでの」

譲山和尚はふさふさした白い眉を開いて穏やかな声で答えた。

「では、御回向のほど、何分にもよろしくお願いします」

老僧は文平のほうにかるく手をかざして無言でうなずくと、ふたたび『大悲呪《だいひじゅ》』という死者を弔う陀羅尼《だらに》を唱え始めた。

「よし。和尚の回向が済んだら、女たちは遺骸をきれいに拭ってやれ。その後で、弥五八たち加美家の者で、仏さまたちを海蔵寺まで運べ」

文平は後に控えていた人々へとふり返ると、きびきびとした調子で命じた。

人垣の女たちや加美家の袢纏を着た男たちが頭を下げた。

一段と厳しい顔つきになった文平は、乗り子の漁夫たちに向かって立った。

「船を出す。……梵天を出すぞ」

漁師たちのなかにどよめきが広がった。オテ浜に吹く風は収まっては来ているものの、激浪が静まっているわけではない。入間の海はまだまだ危険な状態だった。

「達吉が三ッ石の白根で海から出ている帆柱を見つけた。異国の船だ。加賀根の裏側あたりの岩場で助けを待っている者がおるやもしれぬ。手をこまねいているうちに助かる生命も助けられなくなる。梵天丸の乗り子は急げ」

文平は漁夫たちを見渡しながら命じた。

「よぉし、ここが入間漁師の力の見せ処だじゃ」

清作が拳を突き上げて力強く叫んだ。

梵天丸の九人の乗り子たちも拳を宙に突き出した。

オテ浜に「おう」と雄叫びが響いた。

達吉も力一杯の声を張り上げた。武者震いとともに、身体中の血が沸き上がってきた。

梵天丸が春から夏にかけてカツオの一本釣りに出る時は、カツオの群れを追いかけて神津島近くの銭洲や、時には三宅島近くの三本《さんぼん》（大野原島《おおのはらじま》）あたりまで出漁した。

御一新の後に開かれた伊豆諸島近くの好漁場は、西南の伊豆の村々ばかりか、焼津や清水あたりのカツオ船も出漁して腕を競った。

カツオ漁は不眠不休で船を漕ぎ続け、漁場に着くや直ちにカツオ釣りに専念する、体力勝負の操業である。入間でも選り抜きの屈強な若い漁夫だけが、梵天丸に乗ることを許されていた。

梵天丸の九人の乗り子たちは手分けして船を覆ってある苫をはずした。続けて砂地の水平部分で船体を滑らせる修羅《しら》という枠型の船具を敷く作業に入った。

短い三本の帆柱は、筒持たせという基部から後方に折り畳んである。

「おーし。綱を解くが」

清作の銅鑼声で、達吉たちは船を地に固定してある四隅の杭に走って綱を解いた。

「ロクロの歯止めを抜くで、ほかの船の者は船端で梵天を支えろぉ」

見上げると、総代の源治が傾斜地の頂上に設えられているロクロの脇に立って叫んでいた。

「ロクロぉ戻すぞぉ」

潮錆びた源治の掛け声とともに、木製のロクロがきしみながらゆっくりと逆回りを始めた。

船底に延びる敷に沿って取り付けられた滑りの木が、音を立ててコロの上を滑っていった。

大勢の力で支えなければ、重みで不用意に船が滑り落ちる。舳先が前のめりに砂に突き刺さって、水押を傷めてしまう恐れさえあった。

達吉も左舷《とりかじ》の中ほどで、一心に腕に力を込めた。ツヅレが汗ばんできた。

「もうちょい……そーりゃ」

源治の手慣れた掛け声によって、梵天丸は丁寧に波打ち際に水平に下ろされた。

あとは、艫《とも》近くの両舷に掛けた滑車《やえ》に通した引綱を使って船を押し出すばかりである。

「南無八幡大菩薩」

清作は目をつむり、真剣な表情で水押に手を合わせると、船首に赤布で作った鉢巻きに似た水押飾りを巻いた。漁夫はいかなる時でも縁起《げん》かつぎの作法は守る。

「さぁ、波に乗るが。押し出せぇ」

清作はとんと身軽に胴ノ間に飛び乗って声を張り上げていた。

達吉たち残りの八人は、左右の舷側《ふなばた》から次々に船に飛び乗った。

梵天丸の周囲に集まっていた人々は、左右両舷の艫から延びた滑車つきの引綱《つぎ》を引いて船体を水際に押し出した。

板子が揺れるなか、達吉は自分に定められている左舷前二番の櫓床に座って櫓を手にした。

「おーし。おーし」

清作が、櫓を漕ぐ手を急ぎながら小気味よく拍子を取り始めた。梵天丸で漕走するときは、艫櫓の清作の漕ぎ方に合わせてほかの者は櫓を漕ぎ、船の方向が定まる。帆走する場合には清作が梶柄《かじづか》を握った。船を束ねる艫櫓は、廻船の船頭に近い役割を果たしていた。

「よいさぁ、えいっ」

清作の櫓拍子に合わせて達吉は歯を食い縛り、櫓を持つ手に渾身の力を入れた。六丁の櫓が生き物の手足のように動いて、梵天丸を陸《おか》に押し戻そうとする波の力と戦う。

「おい。要蔵。波除けを立てろっ」

「承知っ」

舷側には等間隔に溝が彫られ、同じく溝を彫った六本の角材の支柱が立てられている。要蔵は溝の間に二尺ほどの高さを持つ波除板を素早く立てていった。荒天時に船内に侵入する海水を少しでも減らす和船の工夫だった。操業時には邪魔になるために取り外す仕組みである。遭難する船は風にひっくり返されることは少ない。多くの場合、舷側から胴ノ間に入り込んだ海水の重さで沈められる。

波の侵入は減ったが、梵天丸は返し波に押し戻されて歯がゆいほど前に進んでくれなかった。

「もう一丁。よいさぁ」

清作の掛け声に応じて、櫓を漕ぐ手にここを先途と力を入れた。赤樫の櫓に擦れて厚い綿布で作ってある櫓漕ぎ手袋が焼き切れそうになった。

ようやく梵天丸は返し波の襲い来る領域を抜けた。

船足が上がった。振り返ると、あっという間にオテ浜の村人たちは小さくなっていった。文平や譲山和尚が見送る立ち姿が目の端に映った。

「千畳敷が見えるところまで漕ぎ出て、それから酉《とり》（西）へ向かうが」

清作は風が強く隠れ根の多い浜沿いからいったん遠ざかり、千畳敷の沖まで漕ぎだしたところで西方に転舵する腹づもりに違いない。

左手に君掛島《きみかけじま》を過ぎて、梵天丸はゆるやかな曲線を描く入江から外海に出て行った。入江の内側では、うねりは分散して波高は低くなるが、外海ではそうはいかなかった。

「よしっ。酉に廻る。右の漕ぎ方ぁ急げっ」

右舷《おもかじ》の最後尾から清作が声を張り上げた。達吉は櫓を漕ぐ手に力を入れた。

「よいっさぁ。よいさっ」

六人の漕ぎ手の櫓拍子が響いた。

梵天丸は大きく縦揺れを繰り返しながら、西の方角に舳先を向けた。

「これからが勝負どこだじゃ。三治《さんじ》、しっかり物見せいや」

「合点っ。任せろ」

引き締まった清作の声に、舳先で物見に立っていた三治が威勢よく応えた。三治は梵天丸では清作に次ぐ年かさの漁夫で二十四の年男だった。

入江を出たところには、掛け値なしの荒海が待っていた。

「左から大波っ」

舳先から三治の野太い声が響く。のしかかるような波頭が、左舷前方から生き物が襲いかかるように近づいてきた。

「おしっ。取舵へ切って真っ直ぐ波を乗り切るが。右の漕ぎ手、力入れろぉ」

「えいさぁ。よいやさぁ」

右舷の海上に新たな敵が、ぬめりながら牙を剝いてきた。

波から逃げようとすれば、横方向から大波を受けて船は転覆する。大波の斜め四十度くらいに突っ切らねば、梵天丸は無事ではすまない。

「こんだぁ、右からだっ」

「面舵へ向ける。左の連中、力入れて漕げや」

波の襲来を次から次へと告げてくる三治に応じて、清作は舳先を頻繁に左右に切り続けた。

波の頂上に船が乗った。一瞬の静まりのなかで達吉の筋肉という筋肉が収縮した。波の底に叩き落とされると、胃の腑が裏返るような気持ち悪さが襲った。

もっとつらいのは船底の敷に波がぶつかる時のガツンという衝撃だった。船底が裂けてしまうのではないかという不安が襲う。板子一枚下は地獄という言葉が脳裏に過ぎった。

後方からの大波が来ると、波除板を越え、音を立てて海水が胴ノ間に飛び込んでくる。櫓方にあたっていない要蔵と留吉《とめきち》は、杉の手桶で懸命に海水を掻い出し続けていた。

舳先と艫に立つ二人の手が止まれば、潮水が船内にあふれて梵天丸は沈まざるを得ない。

「清作さぁ。こんな高波ぁ見たことはねえが。戸立《とだて》、裂けねぇつら？」

達吉の隣で櫓を漕ぐ左二番の藤助《とうすけ》が心細さに震える声を出した。

戸立は船の最後尾を構成している部材である。破損すれば、梵天丸はたちどころに四散する。

「藤助っ。お前っちは愚者《のーちゃん》だじゃ。虚仮《こけ》なこと言ってねぇで、精一杯《せっぺ》、漕げっ」

清作の怒鳴り声が背中から響いた。

隣で藤助は肩をすぼめた。藤助は昨秋から梵天丸に乗り込んだばかりで、柄は大きいが歳はまだ十五だった。

「……まだまだ。梵天はこんな波じゃやられねぇ。こんなもんは大波のうちにゃ入らねぇ。俺っちは銭洲からの戻りで、もっともっとひでぇ波に遭ったことがあるが……。これから、人助けに行こうってのに、臆病風ぇ吹かすな」

清作は藤助の経験の少なさを思ったのか、いくらか声を和らげた。

「千畳敷が見えた。岬に近づくぞ。巻波が荒れるで。漕ぎ方ぁ、気合い入れて漕げや」

ふたたび清作は厳しい声に戻った。

気流が収斂する岬近くでは風速が二倍にも達するだけではなく波も集まってくる。

岬の風下側に逃げれば岬自身の遮蔽効果によって波は小さくなるが、帆柱の見えた白根は、岬突端の西に浮かぶ加賀根の沖に位置していた。向かう先としては最悪の海域であると言えた。

「達吉。白根近くなったで、三治と代われ」

「へいっ」

達吉は、畳んである帆柱に手を添え、中腰になって舳先に歩みを進めた。

「物見、代わるが」

「おうっ、俺っちもそろそろ漕ぎたくてうずうずしてたが」

三治は去りしなに達吉の肩をぽんと叩いた。

物見に立ったとたん、達吉は舳先が波を切る時に生ずる波飛沫を顔いっぱいに浴びた。

顔を拭って姿勢を整えると、目の前に黄色い砂岩の急峻な三ッ石岬と加賀根の黒々した影が浮き上がってきた。加賀根の頂上付近には、強風に煽られ続けて矮小化している黒松の疎林が小人たちが躍るように激しく揺れていた。

達吉は千畳敷で見つけた帆柱の位置を加賀根左方の海上に探した。

「あった。あそこだじゃ。赤ぃ旗が見えるが。加賀根の左奥っ」

視界は悪かったが、赤い旗の括り付けられた白い帆柱はなんとか発見できた。三ッ石岬の先端からわずかに八町（九百メートル弱）ほどの海上に過ぎなかった。

「よぉし。まずは帆柱を目指すぞ。舳先ぃ乾（北西）へ向けるが。左漕ぎ方っ、力入れろおっ。もうちょぃ。よし、真っ直ぐだ」

千畳敷からは加賀根に隠れて見えなかった、河五《かわご》という小さな磯が見えてきた。いびつなお椀を被せたような形の黒っぽい磯である。

白い帆柱は河五の甲高な磯から南へ数十間の海上に屹立していた。

相当に大きな船のようだ。先端から数尺のところに滑車のついた綱状のものが見えていた。

2

河五よりもさらに沖合の水煙の向こうに、薄べったい磯が波間に見えてきた。

茶色い熔岩から成るこの磯は、寝ている牛の背中にも似る姿から、牛根《うしね》と呼ばれていた。

好天時には魚影の濃い小磯である。ただ、磯自体に標高がなく、周囲は浅瀬となっているので、船をつけられるのは和凪の日に限られていた。

ゆっくりと牛根に視線を移した達吉の眼に白い異物が映った。

達吉は、肩を強張らせて唾を飲み込んだ。胸が苦しくなるほどに動悸が激しくなった。

もう一度、牛根の右三分の一あたりを眼が痛くなるまで凝視する。

間違いなかった。四方向に伸ばされた色白の手足が見える……。

「いたぁ。いたぞぉ」

達吉は我を忘れて声を限りに叫んでいた。

「どこだ？　達吉っ」

艫から張りつめた清作の声が返ってくる。

「牛根だ。牛根に人がいるが」

達吉は震える指で薄茶色の磯を指さした。

眼を凝らすと、岩に伏すのは白い衣類を身につけた坊主頭の大男である。

「おお。いたか！」

風音に混じる清作の叫び声に続いて、船内に興奮気味のざわめきが広がった。

「けんど、これじゃあ牛根にゃ船は着けられねぇが……」

清作は思案げな声を出した。

牛根手前の沈み根に砕ける波が、白い火花のように散っているのが見える。こんな波のなかで牛根に近づいたら、岩礁に叩きつけられて船底を粉々にされてしまう。

「よしっ。帆柱にもやい取る。そっから牛根に泳いで渡るしか手はねぇら。左の漕ぎ方。力入れてくが」

船は左舷側に廻った。舳先は午（南）を向いて、刻一刻と帆柱に近づいていった。

「右から波っ。今度は速いがっ」

達吉は声を嗄らした。

「左、もう一丁っ。河五の沖寄りに入るで、気合を入れて漕ぐが」

河五と牛根の間の海域に乗り入れたとたん、舳先が左右に揺られ始めた。波はいくらか静まり始めたが、梵天丸は二つの磯の間を流れる複雑な潮流に翻弄されている。

「おい、留吉、袋碇《ふくろいかり》を出せっ」

「へいっ、合点だじゃ」

留吉が胴ノ間の中ほどに畳んである袋碇を引っ張り出す音が聞こえる。袋碇は柿渋を塗った厚手の綿布を漏斗形に縫い上げた水帆《シーアンカー》の一種である。

大小の輪の芯に鯨の髭を使い、舳先に結んで波間に投ずると、海中で吹き流しのように開く。船足は大幅に落ちるが、強風や潮流によって船が漂流するのを抑え、危険な大波が船尾を越えるのを防ぐ。

梵天丸のような小さな船では、廻船で用いられる「たらし」と呼ばれる、碇を舳先から海中に吊す方法より効果が高かった。

「そりゃっ、袋ぉ右に流せっ」

右舷の波間に重い物を投ずる音があがり、達吉の顔に飛沫がかかった。

梵天丸の舳先は風上の坤に近い方向に右回りして、船体の動揺はかなり静まった。

「よしっ、要蔵、もやい綱ぁ出せ。留吉は鈎竿《かぎざお》だ」

「直ぐにっ」

要蔵が親指の太さくらいのもやい綱を肩に巻き、余った部分を引きずりながら近づいてきた。

後には釣竿を手にした留吉が続いた。釣竿は丈夫な桜材の竿の先に黒い鋳鉄の鈎をつけた漁具で、海面に漂う漁網や浮子《あば》を引き寄せるのに使う。

梵天丸は船体の長さ一つ分の距離まで帆柱に近づいた。帆柱は大人が両腕を回して抱えられるかどうかの太さがあった。

「ぶっとい帆柱だじゃ」

要蔵が感嘆の声をあげた。

「要蔵。達吉と物見を代われ。達吉はもやいを取れっ」

身体を摺り合わせるようにして達吉は要蔵と立ち位置を代わった。

達吉は清作の目を見た。どうやってもやいを取ればいいだろうか。

「この波じゃ船端を帆柱に接舷《くっつけ》て、もやいを取るわけにゃいかねぇ。もやい結びの輪作って帆柱の頭から投げ入れろ」

清作は厳しい顔つきで命じた。

「そんなことができっつら?」

「達吉、お前っちの銛《もり》の腕は入間一だら」

伊豆南端にマカジキが群れなす頃になると、梵天丸は突きん棒漁という銛投げ漁に出る。達吉の銛方としての腕は、ここ一年ばかりで入間一の呼び名をとっていた。

それでも、激しく揺れる板子に立って、いつもの腕を振るえる自信はなかった。

だが、艫櫓である清作の下命は絶対であるし、ほかに手はなかった。

「わかったが」

達吉は、板子に置かれたもやい綱を取って端をもやい結びの輪に作った。

「よしっ。達吉が輪投げする間、この場でなるたけ船を止めるぞ。おーし。おーし」

「よいやさぁ。えいやさぁ」

六丁の櫓がいっせいに動いて、梵天丸の動きを止めようとするが、艫は右に流れ続ける。

「左、もうちょい強く漕げい」

達吉は輪にした縄の先を右手に持って、要蔵のすぐ後で左舷側の船端に立った。

波が梵天丸を持ち上げる一瞬、静止に近い状態が来る。投げ縄を投げるとしたら、その瞬間しかない。問題は風である。真っ直ぐに飛ばせても風に流されれば台無しだ。

（いくらか左から来てる……）

左頬に当たる風が、右頬に当たる風よりわずかに強く感ずる。帆柱に向けて真っ直ぐに投げれば、右の方向に流されるはずである。狙うのは真正面よりやや左だ。

梵天丸は波に持ち上げられてゆく。波の頂上で船が止まった。

「えい。やっ」

達吉は精一杯の気を集中して腕を延ばし、同時に、握った綱を離した。

もやい綱は、風を切り、飛礫《つぶて》のように一直線に飛んでゆく。

そのとき、気流が渦巻いた。風は達吉の真正面に変わった。

帆柱のわずかに左の海面にぼしゃっと飛沫が上がった。

「くそっ」

悔しさのあまり、達吉は板子を足で踏み鳴らした。

「なんぼなんでも、一遍じゃ無理だら……」

留吉は慰めながら、膝を曲げて船端に屈み込むと一番左前の波除板を外した。留吉が手繰り寄せると、もやい綱はするすると引き寄せられた。鈎竿の出番はなかった。

ゆっくりと頭上で輪を振りまわしながら、達吉は眼をつむった。

(上手くいったところを思い描きゃええ……)

自ら視界を遮って、これ以上ないくらいに意識を帆柱に集めていった。頭のなかで帆柱の頭に吸い込まれるように入ってゆくもやい綱の輪を思い描いた。

静止の瞬間が来た。目を見開いた達吉は無意識に呼吸を止めていた。

息を詰めたまま、達吉は頭の後から右腕を振り下げた。

「ひょうっ」

奇声を発しながら達吉は綱を手放した。

「やった」

「やっただじゃ」

留吉と要蔵の声で我に返ると、もやい綱の輪は帆柱に架かり旗に引っかかっていた。

達吉は膝を板子に突き、肩で大きく息をした。

「達吉、よくやったじゃ」

清作の声も弾んでいる。

風は酉《とり》(西)に変わってきている。もやいを取ったために梵天丸の挙動は安定して酉を向き、潮流に抗うための漕ぎ手の労力はかるくなった。

左舷数十間の牛根に横たわる大男は、先ほどから少しも動いていない。

「いよいよ、人助けだじゃ。誰が行くか……」

「清作。俺っちが行くが」

清作の言葉を遮るように叫んだのは三治だった。練達の漁夫である三治は泳ぎにも飛び切りの腕を持っていた。

「ああ。三治がええが。ただ、二人で行ったほうがええ」

うなずきながら、清作は船内を見回した。

「俺っちにも行かしてくれっ」

身体に熱いものがほとばしった達吉は大声で叫んでいた。

達吉はこんな荒れた海を泳いだ経験はなかった。だが、今朝、前浜で見た異人の哀れな姿がこころのなかに蘇り、叫ばずにはいられなかった。

「よしっ。三治と達吉で決まりだじゃ。留吉、三治と櫓方を代われっ」

海に入ることになった二人は、ツヅレと下に着ていた単衣を脱いで晒《さらし》と褌《ふんどし》の姿になった。

達吉たちは命綱を結ぶために厚手の木綿で作られた腹帯を巻いた。いざという時、船から命綱を引いても腹帯をしていれば、不必要に腹が締め付けられることはなかった。

要蔵が二人の腹帯の背中に命綱を結び、右舷側から取った滑車に通して留め具に巻き付けていった。命綱はもやい綱よりは軽い麻紐を撚ったもので親指ほどの太さだった。

さらに浮腹巻と呼ばれる桐の木で作った浮き輪に似た道具を頭から胴に落とした。後の世の救命胴衣に似たものだが、江戸期から使われていた。自分のためではなく、救助した者につけるためのものであった。

「おい、達ぅ。まず、ゆっくら来いや」

呑気な言葉とは裏腹に、三治の表情は硬かった。

三治は右手で鼻をつまむと、波除板の外してある船端から両脚を下にしてするっと波のなかへ飛び込んだ。波飛沫が上がって三治の身体は視界から消えた。

数間先で盛りあがる波の上に、身体を斜めに傾けて泳ぐ三治の姿が浮かんだ。

達吉も三治と同じような姿勢で、息を整えて波のなかに飛び込んだ。

「達吉ーっ。牛根手前十間あたりまで行ったら、ナガレに気ぃつけろや。えらい速いのが河五の沖向かいから巽に向けて流れてるがぁ」

梵天丸から清作が潮流への注意を促した。

数十間先の牛根は、梵天丸の四艘分くらいの長さを持っていた。

大男のいる左三分の一あたりまで真っ直ぐに泳ぐとすると、沈み根が作る思わぬ潮流に巻き込まれる恐れがあった。磯に上がるとしたら、真ん中よりやや右寄りに位置する凪の日の船着け場しかなかった。前を行く三治も船着け場のあたりを目指して波間を進んでいた。

達吉は身体を斜めに傾けて、横泳ぎで三治のあとを追った。

横泳ぎは立ち泳ぎに比べて速力が出る代わりに、前方が見えない恨みがある。

腹帯と背中から延びている命綱が煩わしかった。それでも力を込めて水を掻くうちに、梵天丸は徐々に遠ざかっていった。

梵天丸と牛根との中間あたりまできたとき、前方から三治がわめき騒ぐ声が聞こえた。

（しまった！）

首を傾けて牛根の方向を見ると、大きな波が白い牙を剝いている。波の壁は思いもかけぬ酉の方向から怖ろしい速度で迫ってきた。

次の瞬間、達吉は砕け散る波頭に吞み込まれていた。

上下左右から次々に変化する水流に翻弄され、達吉はもみくちゃになった。どちらが上か下かも分からない。激しい勢いで頭が振り回された。

何があっても海水を吞み込んではならなかった。飲んだが最後、天地の方向感覚を喪って溺れる。達吉は唇を固く結んだ。容赦なく鼻の穴にも耳のなかにも潮水が侵入する。

達吉は腰を下から引っ張られ、ぐんぐん海底に引きずり込まれ始めた。最後の力を振り絞って必死で藻掻いてみても、水流に抗うことはできなかった。

お寺の鐘のような耳鳴りが響き続けた。心ノ臓が膨張して破裂しそうになった。

両の眼は固く閉じているのにも関わらず、赤い光が目の前に炸裂する。

赤い光が遠のくと同時に、目の前に白い霞がかかった。頭のなかに幕が下りるように達吉の意識は薄らいでいった。

いきなり腰に強い緊縛感を覚えて、達吉の意識は戻った。

強い力で身体が後から引っ張られている。気を失っていたのは、わずかな時間だったのだろう。

達吉は無我夢中で海面と思しき方向へ向かって手足を動かし続けた。

突然、呼吸が楽になった。海面に顔を出すことができたのだ。

梵天丸の上には、要蔵たちが命綱を手にして気遣わしげにこちらを眺めている姿があった。

達吉が、大丈夫だという風に顔を向けると、要蔵がうなずいた。

(あの世行きの一歩手前だったつら)

要蔵たちが命綱を引いてくれなければ自分はあのまま海底に引き込まれてそれまでだった。

浮腹巻は少し離れた場所に浮いていた。命綱に結びつけられている紐をたぐり寄せてふたたび頭から胴に落とした。

近づく牛根にはサラシが立っていた。サラシは海水が撹拌されて生まれる白い泡だが、隠れ根が多く危険な場所を示している。ここは日頃からサラシの立ちやすいところだった。

(そろそろナガレが来るが)

船から飛び込んだ時に清作が注意した通り、牛根の手前、十間ほどのところには、北の河五から巽(南東)へ向かって速い潮が流れていた。

目指す船着け場へ一直線に泳いでゆけば、必ず潮流に乗って磯左手の隠れ根地帯へ持ってゆかれてしまう。船着け場に無事に辿り着くためには、潮に流される分を計算に入れて、かなり右寄りに泳いでゆかなければならなかった。

首を磯に向けた達吉は、牛根の右端を目標に見定めてあおり足で水を強く蹴った。

なかなか前に進めず、身体は左、左へと流される。達吉は牛根の目標地点を何度も見遣りながら、歯を食い縛って泳いだ。幸いなことに、あれ以来、大きな波は鳴りをひそめている。

いきなり、ふっと身体がかるくなった。潮流地帯を抜けたのだ。

あとはただ、手足を動かしてゆけばよかった。程なく、達吉は牛根の船着け場近くの岩礁に這いずって上陸できた。

命綱を解いて、達吉は目の前のもやい杭に結びつけた。三治の命綱がすでに結んであった。

達吉は、腹帯の腹のところに挟んできたわら草履を引っ張り出して、岩の上に置くと両足を突っ込んだ。滑り止めのためにも岩角から足の裏を守るためにもわら草履は欠かせなかった。

浮腹巻はそのまま命綱に結ばれたままで波に揺られて浮かんでいる。

左手の大男の突っ伏しているところに三治が屈み込んでいた。

「三治さぁ。どうだら？」

声をかけながら近づくと、三治は細い頬骨の突き出た顔に白い歯を見せた。

「おぅ。お早いお着きだが。お互い、危ないところだったなぁ」

「ああ、大波に呑まれた時は死にかけたが」

「波はだいぶ静まったみたいだら。ほれ……相撲みてぇな、でかい男だじゃ」

三治は異人へとあごをしゃくった。

頸が太く、つるつるの禿頭との境がわからないほどに太っていた。巨大な身体を覆っているのは、肌に貼りつくような上衣と筒っぽで、ともに白無地の薄い布地で織ってあった。

「……けんど、駄目だ」

三治は男の首のあたりに手を当てながら、額にしわを寄せて首を振った。

「そうか……駄目か……」

達吉は自分たちの生命を賭した苦労が無になったことに喩えようのない空しさを覚えた。

「俺っちは岩の沖向かいを見てくら」

その場に居たたまれなくなった達吉は、言い捨てて三治に背を向けた。

ごつごつした熔岩質の濡れた岩に足をとられないように気をつけながら、一丈に過ぎぬ岩礁の頂きに登り始めた。

遠くからは牛の背に似ている稜線は、実際に登ってみると馬の背のような瘦せた尾根だった。

尾根を越えた瞬間だった。

岩場の沖向かい右手に仰向けに倒れている男の姿が、達吉の眼に飛び込んできた。

「あの岩陰に、もう一人いるが」

西南側の斜面を転ぶように駆け下りた達吉は、倒れている男のそばに走り寄った。

男は薄水色の肌襦袢のようなものを身に着けていた。

中背で筋骨逞しい肢体を見せ、前浜で遭った異人のように豊かな金色の髪を持っていた。

西洋人だ。前浜の男と比べてかなり若そうであった。

顔には目立った損傷はなかった。異人ながら鼻筋の通った男前に見える。

だが、血の気のない顔色は、この男も絶望的な状態にあることを思わせた。

(生きていてくれ)

祈るような気持ちで震える手を首筋に当てた。

首の血の筋を探したが、期待する搏動は探し当てられない。

(こいつも駄目か……)

肉襦袢をはだけ、男の胸に手を当てた達吉を、暗い気持ちが襲った。

「どうだ。達吉、そっちの異人は?」

三治が頂きを越えて沖向かいに下りてきた。

「駄目だ。心ノ臓が止まってるが……」

三治を見上げた達吉は、泣き出したくなるような気持ちを抑えて答えた。

「そうか……二人とも仏さまでも、連れて帰らにゃならねぇ。こんなところに放っておいたら、波に流されてフカか魚の餌になっちまうが」

三治はうそ寒い声を出した。

「どっちの仏さまから運ぶんだら？」

達吉は立ちあがると、若い異人の亡骸を見下ろしながら訊いた。

「先にこの仏さまを運ぶ。お前っちが背負え。俺っちの勘では、さっきみてぇな大波はもう来ねぇ。海はこれから段々と静まってゆくだじゃ。あんな関取を運ぶのは波が静まってからのほうがええ。お前っちはこの男を運んだら、要蔵と代われや」

三治は空を見上げて自信に満ちた調子で命じた。

浮腹巻だけで、筏を持たない以上、遺骸は水難者を運ぶ手段を使うしかなかった。

梵天丸の上では、「地蔵担ぎ」という運び方を使うことに決めてきている。

難船者を背中合わせにして背負い、縄で襷がけに縛る方法である。

「んじゃ、河五向かいまで運ぶが。そっとだ」

三治が両脚を持ち、達吉は脇の下に手を廻し、男を抱えた。亡骸には死後の強張りも見られず、温もりさえ残っているようだった。

死者と接することに気持ち悪さはなかった。むしろ、見も知らぬ岩礁で淋しく死んでいった異人に対する憐憫の情が突き上げてきた。

浮腹巻をたぐり寄せると、達吉は男の首から通した。

ゆっくりと足もとを踏みしめ、達吉たちは河五向かいに出た。

「さ、背中に載せるが。水に入れるまではちっと重いが、我慢せぇや」

達吉は岩にしゃがんで異人の背中に自分の背中をぴったりと合わせた。

三治は肩にかけてきた人差し指くらいの麻縄で、手早く達吉と亡骸を襷がけにしていった。

慎重に二重の襷がけを作った三治は、結び具合を何度か確かめた。続けて達吉の腹帯の背に命綱を結んだ。

「これでええ。水に入るとこにアオサが生えてたで、転ばねぇように気ぃつけろや」

「へいっ。気をつけやす」

自分より背丈の高い遺骸を背負ったことで、達吉は大きく前傾していた。

異人を背負ったまま横泳ぎで波を越えてゆくのは、驚くほど体力を消耗する作業だった。

牛根から離れてゆくに連れ、背中の遺骸はどんどん重みを増してゆくように感じられた。ついには大きな鉛の塊を背負っているようにさえ思えてきた。

浮腹巻の浮力も、波を受けるときにはかえって邪魔になった。

すぐ後ろに三治の顔があった。「地蔵担ぎ」では、運搬する者は振り返れない。自分が泳ぐべき方向がわからないだけに、空荷で泳ぐもう一人が方向の指示を出す以外に手はなかった。

「達吉っ、もうちっと右だ。もっとゆっくら泳げや」

遺骸がずれそうになったり、紐が緩んできたりするたびに、三治が手を差し延べてくれた。

潮流地帯を過ぎる時には、潮の流れで挙動が不安定になり、達吉は足を引きつりそうになるまで水を蹴らなければならなかった。

だが、三治の巧みな指示で泳ぐ方向をきめ細かく変えていったために、不必要に巽方向に流されずにすんだ。

ありがたいことに、波高も嘘のように低くなって、往路の半分近くまで収まってきている。

それでも梵天丸との中間地点まで泳ぎ着いた時には、達吉はくたくたに疲れ切っていた。

「三治ーっ。達吉いっ。大丈夫かぁ」

梵天丸から清作の安否を気遣う叫びが上がった。

船は方向を変え、もやい綱の届く範囲で自分たちのほうへ漕ぎ寄せてくる。

要蔵が左舷側の波除板を三枚ばかり外している姿が大きく目に入ってきた。

西南伊豆地方には水死者は右舷から船に乗せるしきたりがあった。

遭難者の生死が明らかでないのに、右舷を開けて待っていたのでは、縁起《げん》が悪い。

「おーい。まず、異人を引き揚げてくれや」

三治の叫び声に、船上の人々は慌ただしく船端に寄ってきた。

「そーりゃ、そーりゃ」

要蔵たちは四人がかりで異人の亡骸を胴ノ間に引き揚げた。

「駄目だったじゃ……」

海のなかに入ったまま要蔵と留吉を見上げながら、達吉はつらい言葉を口にした。

体力を使い果たした達吉と三治に代わって、清作自身が海に入って要蔵が従った。

船の指揮は三治が執った。艫櫓を三治が交替しても問題がないほどに波は静まっていた。

大男の亡骸を三人がかりで運んで収容した梵天丸は、もやい綱を帆柱のところで切って、さらに吉田側の岩礁へと舳先を向けた。

今まで見えなかった加賀根の沖向かいには、たくさんの船荷が漂着して散乱していた。だが、人影ひとつ見出せなかった。

梵天丸は畳根に近づいた。牛根にも増して平たく小さな磯である。

「畳根にも人がいるが」

物見に戻っていた三治が叫んだ。

活気づいた梵天丸だったが、人々の期待を裏切って、三治と要蔵は新しい遺骸を運んできた。

三人目の遺骸は辮髪を垂らした素っ裸の唐人で、かわいそうなことに頸の骨が折れていた。

清作は三ッ石岬の追手と呼ばれる突き出た磯のところで探索を打ち切り、オテ浜に針路を戻した。このあたりから先の海域は、すでに妻良村吉田の領分だった。

数刻に渡る九人の生命を賭した救難活動にもかかわらず、結局、梵天丸は三体の遺体の収容という惨めな成果しか得られなかった。

船上の人々の疲労の色は濃く、復路の船内では口を開く者も少なかった。

三人の異国人たちは、胴ノ間にマカジキのような哀れな姿を曝していた。

加賀根まで戻ると、牛根の沖合に鉄色の群雲の切れ間から光の柱が海面に延びていた。

青鈍色の海にはようやく水平線が姿を現し、うっすらとした紅色に染まっている。

何十本も放射状に延びる光の柱は、水平線のところまで落ちると、あちらこちらで煌煌しき反射を作っていた。

（まるで、あの世へ登る梯子だら……）

達吉には、この海に眠る多くの遭難者の魂が、あの世に向けて光の梯子を登ってゆくように思えてならなかった。あの世は光り輝く処に違いない……。

（異人さんたち、どうか、安らかに眠ってくらっせぇ）

櫓を漕ぐ達吉は海を眺めながら、こころのなかで合掌するのだった。

3

鼠色の片乱雲は、いつの間にか散り消えていた。とうとう沖合には待ち望んでいた太陽が現れ、入間の入江は午後の斜光線を浴びていた。

砕ける波頭が作る鮮やかな陽光の反射が、達吉の目に沁みた。

空も海も入江も、嵐が襲ってから失っていた色彩をようやく取り戻し始めた。

兎の跳ぶような白波が海面の至る所に立ってはいたが、舷側に当たる飛沫は、もはや船縁を越えることはなくなってきていた。

三ッ根を過ぎて揺れる舳先は大きく左へと向けられた。オテ浜で焚く火の煙が淡い黄金色に染まって風に流れる姿が見えてきた。

浜先には、乗り子総代の源治を始め、大勢の漁師たちが迎えに出ていた。

「ロクロ、巻くぞぉ」

光る波に運ばれて砂浜に乗り上げた梵天丸は、もの慣れた漁師たちの手によって、日頃の定位置に引き揚げられた。

達吉は船端から波打ち際に飛び降り、数刻ぶりに立った砂地を左右の脚で踏みしめた。長い時間、大波に翻弄され続けた身体が、あらゆる緊張から伸びやかに解放されてゆく。揺るぎない大地に立つことは、達吉に大きな安らぎを与えた。

見渡せば、波打ち際の流木は、あらかたは片づけられており、細枝や海藻の切れ端などが散乱しているだけだった。

村の男たちは雑魚船の手入れに、女たちは漁網干しの作業に忙しい。倒壊した網小屋を二人の大工が修復する槌音が響いていた。

船体がもやい杭に固定され、苫の覆いが掛けられて、引き揚げは終わった。漁師たちは、胴ノ間に横たわる三体の遺骸を代わる代わるに覗き込んだ。

「なんたら、いけぇ男だじゃ」

「鍾馗《しょうき》さまみたようだら」

漁師たちの関心は、専ら黒髭の大男に集まっていた。

「加賀根あたりゃ、えれぇ難儀だっただら」

人垣から抜け出して清作のところに寄ってきた源治は、潮錆びた声でいたわった。

「牛根と畳根で異人三人を見つけたけど、仏さまよ」

清作は力なく肩をすぼめた。

「あの大嵐のことだで、仕方あんめぇよ。ま、着替えろや」

源治の指さす先には、燃え始めの勢いの盛んな焚火が炎を揺らめかしていた。船が入江に入ってくるのを見て、漁師たちが焚き始めたのだ。

誰もが褌までびしょ濡れで、身体の芯まで冷えきっていた。乗り子たちは源治が皆の家を廻って用意してくれていた衣類に着替えていった。

褌を替え、乾いた着物をまとった達吉は、生き返った心地に大きく息を吸い込んだ。

砂丘の高いところに立って引き揚げを見守っていた文平が、ゆったりとした歩みで梵天丸に近づいてきた。

着替えをすませた乗り子たちは文平のところに駆け寄っていった。

「旦那さぁ。駄目でやした。三人どうにか見つけやしたが、三人が三人とも、仏さまでして」

男たちの先頭に立った清作は、面目なげに頭を下げた。

「そうか。生きている者はおらなかったか」

文平は梵天丸を見遣ると、太い眉を寄せて顔色を曇らせた。

「皆、ご苦労だったな。まずは暖まれ」

柔和な顔に戻った文平は、九人を見回してねぎらいの言葉をかけた。

「おい。清作たちが連れ帰った仏を、海蔵寺まで運べ」

背後に従えている下男たちを振り返った文平は、よく通る声で命じた。

大八車を引いてくる者。戸板を運んでくる者。船の上棚に梯子を掛ける者。梵天丸の廻りは、加美家の下男たちでにわかに忙しくなった。生きている異人を運んだ弥五八と供蔵の姿も見えた。

胴ノ間に立った弥五八は、唐人の遺骸を運ぼうとして脇の下から手を廻して肩を抱え上げた。

辮髪の頭が、軟らかくなった飴人形のようにあらぬ方向へくにゃりと曲がった。

男の頸の骨が折れていることに驚いた弥五八は、「うひぇっ」と奇声をあげて両手を離した。唐人の頭が板子に当たる鈍い音が響いた。

気を取り直した弥五八は、中年の下男とともに亡骸の両手足を掴んだ。舷側に立っていた二人の下男が戸板を船縁に掛けて差し上げた。弥五八たちは亡骸を戸板に載せた。

「せーのっ」

「そーりゃ」

弥五八たちは、砂地に立って待ち受ける二人の下男に、船縁から戸板を滑らせ下ろして、亡骸を渡した。遺骸を受けとった二人の下男は、唐人を無造作に大八車に積んだ。

それは無感動な、まるで米俵でも積むような調子だった。どすんという鈍い音が響いた。

「おい。もっと鄭重にやれ」

見るに見かねたのか、文平もきつい調子で注意した。

弥五八は頭を掻いて金色の髪を持った異人の肩を静かに抱え上げた。

中背の異人は丁寧に戸板を滑り下ろされて大八車に積み込まれた。黄金色の髪を持つ男は、綺麗な死に顔で仰臥した。

「丁寧に運ぶで、案ずるな」

供蔵が三治の肩を叩いて言い、三人目の坊主頭の大男もゆっくりと大八車に載せられた。

この男の身体は、村の細い道を通るための幅の狭い大八車に収まりきれず、両腕が車の荷台からはみ出し、だらんと下がった。

積み込みを終えた三台の大八車は海蔵寺を目指して遠ざかっていった。

「あれから、五人の異人の亡骸が浜先に流れ着いた。全部で十体になる。譲山和尚は大忙しだ」

大八車を見送りながら淡々と言う文平の横顔には、剽げた言葉とは裏腹に、苦渋に満ちていた。

「だが、いい報せもある。朝の男とは別に三人が助かった。この異人たちは吉田の浜に伝馬船で漕ぎ寄せたのだ。いまは、わたしのところで休んでいる」

文平は清作に向き直ると、明るい声に変わった。

「へぇ。ほかにも生きてるのがいたんでやすか……。追手まで廻りやしたが、岩場にゃ誰も……骨折り損のなんとやらってぇ奴で」

清作の自嘲気味の言葉に文平は大きく首を振った。

「いや。それは違う。死骸を連れ帰っただけでも、船を出した甲斐はあるぞ」

文平は、まるで怒っているかのような表情で言葉を継いだ。

「お前たちがオテ浜を出てから、すぐに小田原の県令閣下に今回の遭難を報せる文《ふみ》を出した」

「け、県令さまに……本当ですか、旦那さぁ……」

清作は目を見開いて絶句した。誰も見たことはないものの、県令は、村人たちが知る「一番えれぇ人」だった。

(こりゃあ、ほんとに大ごとなんだら……)

達吉にも今回の遭難事件の重要さがおぼろげに理解できた。

当時の行政区分では、現在の神奈川県の西半分と伊豆地方が足柄県とされ、県庁は小田原にあった。

県知事にあたるのが県令で、これは公選制ではなく、明治政府から任命された官吏であった。村人たちにとって県令という存在は、幕政期の韮山代官も及ばぬ、大名にも比肩すべき権力者であった。

文平は毅然とした表情で重々しく口を開いた。

「此度の惨事は、入間村にとって、まことに由々しき事態だ。沈んだ船が異国のものだとすれば、大げさに言えば、これは国事に関わる大事件に違いあるまい。わたしの措置が悪いと、国難を呼ぶ恐れすらある……。とにかく県令閣下にお伝えして、向後のお計らいをお願いしなきゃならんのだ。が、異人を助けるために梵天丸が力を尽くしたことは、よき措置だった」

遺体の回収しかできなかった自分たちの働きが、決して徒労ではなかったと知って、達吉は涙ぐむような気持ちだった。身体の血が熱くなり、鼻のなかがつんとした。

「皆、加美家に来るんだ。飯を支度させてある」

文平は表情をやわらげ、村のほうへあごをしゃくった。

下男たちを従えた文平が先に立ち、九人の乗り子たちは、濡れた衣類を手に手にゆるやかな坂道をそぞろに歩いて加美家へと向かった。

文平の屋敷は、前浜からも望める黒松林のなかにあった。ビャクシンの大木に囲まれた三島神社を背にしている豪壮な邸宅であった。

現在の建物は半世紀ほど前の文政年間に建て直されたものだった。

西南伊豆地方の富家に多く見られる土蔵造りで、ぐるりと屋敷を取り巻く築地塀も切妻屋根の母屋も海鼠壁《なまこかべ》で覆われていた。

塀の向こうに銀灰色の瓦屋根が輝いていた。入間村で屋根に瓦を載せているのは、加美家のほかには三島神社と海蔵寺の寺社に留まっていた。

外岡家は、江戸期を通じて代々入間村の名主を務め、三島神社の鍵取役《かぎとりやく》を兼帯していた。鍵取役は文字通り、社寺の鍵を預かり祭りをつかさどる家筋を言う。

各地の名主には、幕政期以前の名族が多い。名主たちの多くは、藩主よりも古い家柄を誇りながら、幕藩体制下の武家の枠組みに収まらなかった人々も少なくない。

外岡氏は清和源氏の血統である。石川修理介則祐《いしかわしゅりのすけのりすけ》の子、外岡兵部信利《とのおかひょうぶのぶとし》は応徳元年（一〇八四）下田に住んだとされており、入間には室町初期の応永年間から定住したとの記録が残っている。

文平は三年前、数えで三十二歳のときに明治政府から入間戸長に任じられた。文平の屋敷はまた入間村の戸長役場でもあった。

新政府は明治四年四月に戸籍法を定め、翌年四月には、名主、庄屋といったそれまでの町村役人を廃止して戸長と改称し、戸籍の調査と管理に当たらせた。

次いで発布された太政官布告により、戸長は町村役人が行っていた村民の統制や徴税などの職務を継続してつとめることとなった。

さらに、土地登記制度が整備されるまでは、戸長役場が現在の登記所（地方法務局）のような役割を果たしてもいた。

ただ、村人たちにとっては、たとえ名主が戸長と名をあらためようと、外岡文平はいつまでも船主であり、旦那さぁであった。

長屋門を潜り、加美家の前庭に入ると、剪定の行き届いた庭木が雨上がりの陽ざしに輝いている。風に漂うジンチョウゲの甘く官能的な香りが達吉のこころを浮き立たせた。

母屋を見上げると、梅に鶯の意匠のはなぶかの下に、丸に三ッ柏の家紋を浮き上がらせた漆喰細工の立派な妻飾りが壁に浮き上がっていた。

蘇鉄の植込の横を過ぎ、壁と同じような鼠色の平瓦を貼った犬走りを踏んで、達吉たちは加美家の母屋へと足を踏み入れた。

達吉たちは手斧目《ちょうなめ》が見事な燻《ふす》べ色の太い梁が目だつ土間に入った。三間四方（十八畳）はある広い土間では、数人の女衆が手ぬぐいを姉さんかぶりにして、襷がけでかいがいしく立ち働いていた。

「なんか焦げてねぇか。きなっ臭いだら……」

「お松、お松、ぼっとしてねぇで火ぃ弱めな」

天井に女たちの甲高い声が響いている。加美家の下女もいれば、漁師の女房や娘たちもいた。

女たちは文平の姿を見るといっせいに頭を下げた。

土間の隅に設えられた数基の竈に載せられた蒸籠からは、もうもうと湯気が立ちのぼっており、炊き出し作業が進んでいた。

今日のような緊急の出来事が勃発したときには、働いている村人たちの空腹を満たすために加美家が手持ちの米を炊き出すことが慣わしとなっていた。

飯の炊きあがる匂いと味噌の香りに、達吉の腹が恥ずかしいほどの音でぐぅと鳴った。

「お帰りなさいませ」

頭の手ぬぐいを外しながら、文平たちに近寄ってきたのは、文平の妻、波江《なみえ》だった。元号が明治とあらためられた年に松崎の旧家から嫁いできた二十五歳になる女房である。

　文平の好みか、痩せぎすの身体に地味な御納戸茶の紬織りをまとっている。波江は地味な着物や丸髷が似つかわしくないほどの艶やかな容貌を持っていた。

　達吉がぴょこんと頭を下げると、波江も会釈を返した。漁夫の女房たちには見られない鉄漿《かね》を塗った小さな歯が匂やかに光った。

「異人はどうしてる」

　文平は下女が持ってきた盥《たらい》で濯《すす》ぎを取りながら訊いた。

「四人ともぐっすりと眠っております」

　波江は囲炉裏のある部屋へ続く廊下をそっと指さした。

「そうか。では、しばらく寝かせておこう」

　文平は土間の入口近くの部屋に入って後手で杉の板戸を閉めた。

　加美家は大家《たいけ》だけに、訪客を待たせておく十畳ばかりの部屋があった。現在は、訪客用ではなく文平が村人の申し立てを訊いたり、戸長としての簡単な事務を執ったりする空間として使っていた。

「皆さん。朝からほんとにご苦労さま。いま、温かいものを持ってこさせますね」

　波江が微笑んで乗り子たちに声をかけた。

「へぇ……。ありがとうごぜぇやす」

　清作に倣って乗り子たちは口々に礼を述べた。

　その時、囲炉裏部屋へ続く薄暗い廊下から下男頭の治三郎の嗄れた声が響いた。

「部屋へお戻りなさいっ」

土間へ倒れ込むように現れたのは、今朝、前浜で達吉が出会ったあの異人だった。あの時とは変わって、頬が梅婆さんの言っていたように赤く染まっていた。

異人は格子縞の着物を不格好に羽織って、紺色の角帯をだらしなく結んでいる。

「お待ちなさい」

袢纏姿の冶三郎が押っ取り刀で後を追ってきた。

「Soirée!! Il est trop tard!!」（夜だ！　もう間に合わない！）

裾から長く延びた傷だらけの両脚を踏みならして異人は叫んだ。金色の膃毛が達吉の眼を引いた。

大声に、書き物をしていたらしい文平が部屋から飛び出してきた。

文平は草履を突っかけると、異人の前に立ちはだかった。

「いったい、何ごとだ」

「Ma famille ont des morts déjà.」（わたしの家族は死んでしまった）

満面に悲しげな表情を浮かべたと思うと、異人の大きな瞳からは、見る見る涙があふれ出た。

男は土間に膝をついて地に視線を落とすと、頭を抱え込んで泣き出した。

三和土に涙の模様が広がっていった。

「落ち着け。落ち着くんだ」

文平は異人の肩に手をかけて揺すった。男は顔をあげて文平を見ると、獣が大声で吼えるように泣き叫んだ。

「Mon chéri...Caroline...Stéphanie...Aurélie.」（わたしの愛しい……カロリーヌ……ステファニー……オレリーよ）

男はやおら土間に頭を打ちつけ始めた。

何度か自傷的な行為を繰り返すと、男は黄金色の頭の毛を両手で摑んで掻きむしった。引きちぎられた毛髪が宙に舞った。

「やめなさい……おい、異人を抑えろ」

振り返って叫ぶ文平と目が合った達吉は、反射的に跳躍して頭一つ分大きな異人の背中に立った。

がっしりとした肩を羽交い締めにすると、異人は両手を藻掻かせて背を波打たせて暴れた。

横から飛びついた冶三郎が腹に抱きついて制止した。

身体の動きを封ぜられた異人は急におとなしくなった。

大柄な身体から男の体温と心ノ臓の搏動が伝わってきた。達吉は身体を抑えながら、異人の激しい所作に驚くしかなかった。

清作も要蔵もぽかんとした顔でこの光景を見つめていた。

波江を始め、女たちは異人を遠巻きにして怖ろしいものを見るように眺めるばかりだった。誰もが、文平さえもが、言葉というものを失ったかの如くであった。

達吉たちが手を離すと、異人は土間に四つん這いになって、三和土へ視線を落としたままで泣き始めた。

土間にはふたたび、張り裂けんばかりの慟哭の声が響き続けた。

男を大きな動揺と苦しみが襲っていた。

異人は大切な人を沖合に喪《な》くしたことを悟ったものに違いない。だが、果たしてどのように扱えばよいのかは誰にも見当もつかなかった。

激しい泣き声が段々と弱々しいものへと変わっていった。土間の片隅から竈の薪の爆ぜる音が聞こえてきた。

「Oh! Jésus le Christ.」(ああ、神よ!)

力なくつぶやくと、異人は顔をあげた。灰青色の瞳は悲しみに沈み、額には深い縦じわが寄って男は深い苦悩に満ちた形相を見せていた。

(この男を、なんで風の神さぁだ、海坊主だと思ったんだら……)

達吉は何とも不思議な思いにとらわれた。目の前で泣いているのは、自分たちと同じように、いや、自分たちよりも豊かな感情を持つ一人の人間だった。

髪の色も顔かたちも異様であっても、そこにはあまりに人間くさい人間がいた。

浜先から聞こえる波音と混じって、異人のすすり泣きの声はいつまでも土間に響き続けた。

西へ向いた土間の入口からは、茜色の夕闇が忍び寄り始めた。長い長い一日が暮れてゆこうとしていた。

第三章　窮鳥懐に入れば

1

三坂富士《みさかふじ》の向こうに、陽はすっかり落ちていた。

右手の平氏ヶ岳《へいじがだけ》に続く杉山からは仏法僧（コノハズク）の声が淋しげに響いて、あたりの森にこだましている。達吉がこの春になって初めて聞く、澄んだ鳴き声であった。

隣に座る要蔵の顔が二間あまり風下の炎から照り返す光に紅く染まっていた。二人の座るあたりだけ明るく、まわりの森はかえって黒々と沈んで見えた。

積み上げた薪が崩れ始め、あかあかとした炎が激しく揺らめいた。

焼け焦げる遺骸からなのか、薪のなかに混ざった生木の水分なのか、炎のなかから蒸発した気体の吹き出る音がしゅうしゅうと響いてきた。

炎の生む気流に、ぱちぱちと爆ぜる火の粉が舞って、薄白い煙が西風にたなびいている。

異境の地で灰となろうとしているのは、一番初めにオテ浜に流れ着いた西洋人と唐人の遺骸だった。

乗り子総代の源治たちが火を点けた頃は、亡骸はすっかり薪に隠れていた。

いまは炎のなかに黒っぽい姿を現していた。時が移って遺骸は炭化が進み、容貌がわかる段階ではなくなってきていた。

横たわって両脚を伸ばした姿は、すでに人間の亡骸には見えなかった。まるで、案山子か飴細工のような血の通わないものに見えた。

それでも、右側が西洋人、左側が唐人であることは、体格からはっきりと判別できた。達吉も要蔵も亡骸から無意識に目を逸らしていた。

達吉と要蔵は海蔵寺墓地裏手の広場に筵を敷いて座り、燃えさかる野辺送りの火を見守っていた。

傍らには乾かした流木を組んだ大きな薪の山ができていた。

なみなみと海水を満たした四斗樽と手桶、濡らした筵など、西風が強くなった時の用意も整えてあった。

村の艮《うしとら》（北東）のはずれ、高台に位置する海蔵寺の裏手には、境内と同じくらいの広さを持つ広場があった。空閑地ではなく、日頃は杉山から伐り出した木を木挽きする場所として使っている入会地である。

広場の西北の隅には二つの浅い大きな穴が穿ってあり、ふだんから亡くなった村人を荼毘に付す火葬場となっていた。

急峻な崖下に肩を寄せ合うようにして漁家が建ち並ぶ入間村は、ほかに大きな火を焚ける適当な場所を持たなかった。

海蔵寺の墓地に限りがある入間では、江戸期よりずっと火葬を選んでいた。火葬は仏式であるために神道派から反対が出て、前年の明治六年に火葬禁止令が出された。だが、都市部ではともかく入間では徹底していなかった。この火葬禁止令は土葬用墓地が不足するなどして、わずか二年間で廃止される。

一度に焼くことのできない残りの八体の遺骸は、二つの火影の東側に筵を敷いて一列に並べてあった。

達吉と要蔵は宵から一刻という割当てで、非常組の火之番に当たっていた。

冬の西風の強い入間村では、享保五年（一七二〇）に、非常組という青年男子による火防、水防に従事する組織が結成されていた。

入間の非常組は、享保四年に八代将軍・徳川吉宗が大岡越前守忠相に命じて組織させた四十七組の町火消しと並んで、日本最古の民間消防組織として消防史上に位置づけられている。

非常組の規則はきわめて厳しく、酒色への堅い戒めを始め、生活全般に渡って村の若者たちに規律ある日々を送ることを求めていた。

規則は、正月、五月、九月の三回に渡って、村民のすべてを外岡家に集めて当代の名主から読み聞かせるのが享保以来の慣わしとなっていた。この正月にも文平が規則を読み、達吉たちは遵守を誓った。

これだけの用心を重ねていたにもかかわらず、大正十三年（一九二四）一月二十一日の夜、入間は大火に見舞われ、全村の大半の三十七戸を焼失した。

大きな音を立てて薪の山が崩れ落ちた。

達吉の心ノ臓は大きく収縮した。

手前の炎のなかに伏した黒い人影が、両腕を前に突きだして身体をくねらせている。炎のなかの舞踊は、遺骸が火の熱さに耐えかねて身悶えしているように見えた。見も知らぬ土地で灰になりたくないと藻掻き苦しんでいる姿にも思えた。

「気味《きび》ぃ悪りぃな」

額に縦じわを寄せて自分の顔を見る要蔵に、達吉は無言でうなずいた。

――死人《しびと》を燃やすと肉が縮んで必ず踊《おど》りだすが、当たり前のことだで驚くなよ。

源治からあらかじめ聞かされてはいた。だが、初めて荼毘の番をする達吉にとって亡骸の踊りは、目を背けたくなる凄惨な光景だった。

達吉は胃の腑が痛くなってきた。腹のなかに何も入っていないからだが、食欲などはあるはずもなかった。

加美家で持たせてくれた握り飯が柳行李のなかにあったが、とてもではないが手を出す気にはなれなかった。

コノシロを焼く煙と似ているなどとも言われるが、漂う煙の臭いは風上にいても耐え難かった。達吉の吐き気はいつまでも消えなかった。

息が詰まるような気がして立ちあがると、達吉は炎に背を向けて空を見上げた。

まる一日を超えて吹き続けた猛風のために、空気中の塵芥はすっかり吹き払われていた。夜空は澄み切って冷たく透明な蒼さに沈んでいた。

無数の星が空一杯に拡がっている。舵星、糸かけ星、二つ星、真珠星と大きく光り輝く星々は、日頃の倍の明るさにも見えた。

南の空に白く輝く真珠星の淋しげで清楚な姿が達吉は好きだった。この星は乙女座の一等星スピカにあたる。

海蔵寺の方向を見下ろすと、瓦屋根の二倍もの高さを持つ黒松の影が闇に溶けていた。三ッ石岬方向の山の端には白く清々しい三日月が浮かび、積み雲が東へ東へと流れてゆく。

流れる雲間に細い弧を傾かせている三日月は、波間を渡る小舟のようにも見えた。

達吉は譲山和尚から習った「月の船」という言葉を思い起こした。

万葉集にある「天の海に雲の波立ち月の船　星の林に漕ぎ隠る見ゆ」という古歌がこころに浮かんだ。

（あの月の船に如来さまや菩薩さまたちがお乗りになって、燃やされてる男たちや、沖で死んだ亡者たちをお迎えに来ているんだら）

そんな夢想を巡らせているうちに達吉のこころは静まってきた。

その刹那、達吉は背中から冷水を浴びせられたような気持ちになった。

目の前の暗闇から、地の底で低くうなるような異音が聞こえたのである。

「よ、要蔵。なんか聞こえねぇか」

眼を瞬かせ、震える声で達吉は聞いた。抑えようとしても、わななく全身の震えは止まってはくれなかった。

「ふぁ……。なんか聞こえたのかや」

背中を向けたまま寝惚け声で要蔵は答えた。

低い震え声は、八体の遺骸が並んでいる右手の方向から聞こえていた。

横臥する遺骸の列に恐る恐る目を向けても、八体は塑像のような姿を崩してはいない。

ふたたび幽鬼が呻くような声が聞こえた。

闇のなかに最初の声よりもずっと大きく響いた。

達吉は唾を飲み込んだ。

要蔵も立ちあがって右手を振り返った。

「まただ。な、聞こえるが？」

達吉は屈んで要蔵の肩を摑み、激しく揺すった。

要蔵の顔から血の気が引いた。

「ゆ、幽霊だ。幽霊に違ぇねぇ」

要蔵はがくがくとあごを震わせた。

「落ち着け、要蔵」

「沖で沈んだ西洋船の死人が成仏できんで、崇って出てきたんだじゃ」

炎に照らされて紅く染まった要蔵の顔で細い目が吊り上がっている。

ついに要蔵はへたへたと筵の上に座り込んだ。

「和尚さんがこの世に崇りなんかねぇって言ってただら……」

達吉は譲山和尚の言葉を思い出して、自らに言い聞かせるようにつぶやいた。

だが、達吉自身がそう言い切る自信を持っているわけではなかった。

霧の日に海上をさまよい歩く亡者の姿と行き合った船が沈んだ、などという類の話は入間にはいくらでも伝わっていた。

みたび、恨めしく苦しげな低い声が地を這ってきた。

「た、祟りだ。た、祟りだ」

据わった目の要蔵は、熱病にかかった者のうわごとのようにかすれ声で繰り返した。

狼狽する要蔵の姿を見ているうちに、達吉のこころはかえって落ち着いてきた。幽霊なのか、悪鬼羅刹の類か、とにかく自分の目で確かめてやらねばならない。

「この世に祟りなんかねぇ。確かめに行くが」

「か、勘弁してくれ……」

達吉は自分を励ますために強い調子で言ってみたが、要蔵は首を横に振るばかりである。

「変わったことがあったら確かめるのが、非常組のつとめだら。掟を忘れたか」

非常組の名を持ち出されて要蔵も観念したらしい。こころここにあらずといった表情でよろよろと立ちあがった。

「わかっただじゃ」

達吉が傍らの手頃な薪を一本つかむと、要蔵もこれに倣った。

大きなことを言っては見たものの、達吉の全身の筋肉はひきつりそうなほど緊張している。

達吉たちは燃えさかる二つの炎の脇を、異音が聞こえた闇のほうへと歩んでいった。

二人は薪を手に手に、屁っ放り腰になりながらも、もつれる脚で泥人形との距離をつめてゆく。

八体が並んだ異人たちの遺骸は、闇のなかに曖昧な輪郭を浮かびあがらせていた。

眼を凝らすと、左端の焚き火近くには、達吉が背負って海を泳いだ異人が中背の体軀を横たえていた。

隣には同じ牛根に流れ着いていた豪傑が、毛むくじゃらの太い脚を投げ出している。

右へ眼を向けるに従って、遺骸の輪郭は段々と闇に消えてゆく。炎の光が届かない右端の遺骸は、西洋人か唐人かの判別も難しかった。

達吉は一間ばかり離れたところに立ち、視線を左右に泳がせて異変がないかを確認した。

八人の異人たちには、なんらの異状も見られず、行儀よく並んで静謐を保っていた。

風向きが不安定になり、背後の杉山が鳴った。

ごく小さな旋風が広場を舞って、二つの葬送の火を激しく揺らした。

突如、目の前に横臥していた中背の異人の遺骸がごろんと転がった。背中に貼りついた淡青の薄物が焔光に茜に染まった。

達吉は叫び声を上げてのけぞった。

額から冷汗が流れ落ちる。

金縛りにかかったように全身が言うことを聞いてくれなかった。

「た、助けてくれぇ」

そっくり返って尻餅をついた要蔵は、四肢をばたつかせてわめいている。

「ツォトォ……」

遺骸の方向から不明瞭な声が漏れ聞こえた。

「ゆ、幽霊が、なんか言ったじゃあ」

要蔵は地面を這って逃れようとしたが、口をぱくぱくさせて藻掻くばかりだった。無様な格好はしたくない、という思いが達吉の身体をなんとか支えた。

「Too hot....」（暑い……）

闇にかすかなつぶやきが弾けた。

達吉は必死の思いで目を見ひらき遺骸を見据えた。

炎の揺らめきの向こうに、異人の唇がわずかに動くのを見た。

（なんと。息を吹き返したんだら）

こころを静めてみれば、あたりに鬼火が燃えているわけでもなく、異人の身体が宙に浮いているわけでもなかった。

闇に消えた声は怪異な現象などではなかった。まぎれもなく異人の喉から生まれた空気の振動だった。

「異人さん。生きてんだら」

達吉の声に、要蔵は身体の動きを止めて振り返った。

達吉は焚き火の脇をすり抜けて、異人の頭のほうへ廻った。

異人は寝返りを打って仰向けになった。

筵の端に膝を突いた達吉は異人の頸もとに右手を差し伸べた。牛根では感じられなかった搏動が脈打っていた。

筋肉の盛り上がった胸が呼吸の律動に合わせて波打っている。半ば開いた口からは苦しげな吐息が漏れていた。

「生きてる。要蔵、この異人は生きてるだじゃ」

要蔵は腰をさすり、泥を払いながら立ちあがると、信じられない顔つきで近くに寄ってきた。

「この男ぁ、牛根じゃ確かに死んでたんだら？」

要蔵はすまし顔に戻って、奇妙な聞き方をした。

「当たり前だら。梵天に乗せた時だって脈がなかったが……けど、いまは、はっきり打ってるだじゃ」

脈は止まっていたが、息は止まっていなかったのかもしれない。いや、もしかすると脈もすごくゆるやかに打っていて完全には止まっていなかったのかもしれない。

あのときは達吉自身も死にかけた後で注意力が落ちていた。担いだときの衝撃で脈が動き出したとしても、達吉は気づけなかっただろう。男が気を失っていたがために、かえって水を飲まずに済んだということも考えられた。

奇跡には違いない。だが、水難者の蘇生は入間村の近辺でもまれに見られることであった。

異人のとろんとした瞳は宙を見つめていた。

もうろうとしていたが、意識を取り戻したことは間違いなかった。

「たぶん焚き火で暖まって生き返っただら」

達吉の隣にしゃがんだ要蔵は、屁っ放り腰のままで異人の顔を覗き込んだ。

「そうかもしんねぇな……。おい。異人さん。お前っちは助かったんだじゃ」

達吉は異人の肩に手をかけて懸命に呼びかけてみた。

「Too hot…I'm parched.」（暑い……喉が渇いた）

異人は薄目を開け、焦点の合わぬ目で達吉を見て力なくつぶやいた。

「ここがどこか、わかるか？」

「I'm alive……」（僕は生きている……）

かすれた声で答えながらも、明るい鳶色の焦点が徐々に達吉たちに合ってきた。

眉がきゅっと寄り、失われていた表情が蘇り始めた。

異人は達吉たちの存在を認めたようだ。

「I must exist in japan.」（日本に辿り着いたんだ）

異人は左右に頸を巡らした。

炎のなかで黒焦げになっている亡骸に気づいた異人は、小さな叫び声をあげ、半身を起こしかけた。

だが、どこかを傷めているようすで、顔を苦痛に歪めてふたたび筵の上に仰臥した。

「危なかったが。お前っちも、ああなるところだったんだが」

要蔵がもっともらしい顔つきで声を掛けた。

「Give me something to drink, please. ミズ……」（頼む。何か飲み物をくれ。水……）

異人は心持ち頸を上に向け、達吉の顔を見上げて言葉を発した。

「いま、水って言っただら？」

達吉は同意を求めるように傍らの要蔵を振り返った。

「まさか……」

要蔵は疑わしげな声を出した。

「ミズ……。ミズ……。ミズ……」

達吉の眼を見つめながら、異人はうわごとのように繰り返している。

「いや、たしかに水って言ってるだら」

達吉は確信した。衰弱している人間が水を呑みたがるのは道理だった。

「ほんとだ。そう聞こえら。待っとれ。いま、持ってくるが」

要蔵は張り切った声で答えると、最初に座っていた筵に水筒を取りに行ってきた。

竹筒を切って作った素朴な水筒を要蔵が渡してやった。

異人は半身を起こして、息もつかずに水を呑み続けた。

「アリガト」

水筒を要蔵に返しながら、男はわりあいはっきりした声で日本語を口にした。

「おい。俺っちの言葉が話せるんか？」

要蔵は弾んだ声で訊いた。

「Our ship has sunk. Did you save me from drowning?」（船が沈んだんだね。君たちが僕を助けてくれたのか？）

異人の顔に血の気が差し始めた。輪郭がぼやけていた声がかなりはっきりしてきた。

だが、達吉たちの言葉が通じて反応しているようすはなかった。日本語の単語をいくつか覚えているに過ぎないらしい。

「だめだ。異人さん、俺っちは、お前っちの言葉はわからねぇ」

達吉は顔の前で手を振った。

「俺っち、お寺さぁに行って誰か呼んでくら」

要蔵は踵を返して、海蔵寺の方向へ向かって叫び声を上げた。

「おうい。異人が生き返ったぁ」

「Wait! Wait! Wait! Not yet.」（待って、待って、ダメだ。待ってくれ）

異人は顔の前で右手を激しく振って早口に叫んだ。

「何たら、待てと言うておるみたいだら」

異人のようすを見ていた達吉が言うと、要蔵も足を止めてうなずいた。

「カクマッテ……」

異人は達吉と要蔵の顔を交互に見ながら、額にしわを寄せて真剣な表情で懇願した。

「カクマッテ。Please.... カクマッテ」

異人は繰り返しつつ顔の前で手を合わせた。

「異人は匿ってって言ってるだら？」

達吉は異人へとあごでしゃくった。

「あ。ああ……。俺っちにもそう聞こえるが」

「カクマッテ……カクマッテ」

異人は顔の前で合わせた手を摺り合わせながら、何度も頭を下げた。眉根を寄せた表情は真剣そのものだった。

「きっと、何かよんどころねぇわけがあるんだら……誰かに追われているんだか」

達吉には、異人の険しい表情には、よほど深い事情があるように思えた。

「俺っちもそう思う……けんど、匿えというのは穏やかじゃねぇだじゃ。一体全体、誰に追われてるって言うんだら？　もしそれが、お上だったら、どうする」

珍しく饒舌な要蔵の吐く言葉に、達吉は頭の後を殴られたような感覚を覚えた。

お尋ね者の怖れを捨てきれなかった。

「お前っちは、この男がお尋ね者だって言いてぇのか」

だが、達吉は自分が荒海を背負って渡ったこの男が、そんな悪人であるとは信じたくなかった。

要蔵に向ける口調が、ついついきつくなった。

「そうだ。こいつ、異国の兇状持ちじゃねぇつらか……。だとしたら、匿ったら大変なことになるが。旦那さぁは県令さまに文を書いたって言ってたら。兇状持ちなんど匿ったら、きっとお咎めを受ける……。俺っちは、しょっぴかれるのはご免だじゃっ」

要蔵はぴしゃっと言いきった。

「俺っちには、この異人がそんな悪い男には見えねぇ」

男は達吉たちが口角に泡を飛ばして喋り始めたのを、きょとんとした表情で見上げている。

異人の瞳には清澄な光が宿っているように、達吉には感じられた。

「今日こうして初めて見た異人が、善人か悪人かなんて、そんなこたぁ、俺っちにはわからねぇ。まぁ、おとなしそうな顔してるけど、人は見かけによらねぇって言うだら」

「お前っちの言うことは理屈だじゃ……」

要蔵の言葉は、いちいち道理に適っていた。しかし、理屈に傾き過ぎた冷たい言葉に聞こえて達吉は腹を立てた。

「カクマッテ」

切なげな声を出しながら、異人はふたたび両手を摺り合わせた。自分たちの会話の意味を解せず、ただただ頼み入っている男の姿が哀れでならなかった。

「窮鳥懐に入る、猟夫も猶之を殺さず、況んや仏徒に於いてをや」

達吉の声は詠うように闇に響いた。

「なんだぁ。それは?」

意味のわからない言葉の羅列に、要蔵は意表をつかれた顔つきで、裏返った声で訊いた。

「和尚さまから習った言葉だ。追い詰められて困った人が救いを求めてきたら、どんなわけがあっても助けてやるのが、仏さまを信じる者のつとめだという意味だじゃ」

難解な言葉で要蔵を煙に巻くつもりはなかった。この成句は、まさにいまの達吉の心境そのものだった。

「達吉は文字が読めるだけ、俺っちとは違うが……」

要蔵は小さく吐息をついた。口調は感嘆とも皮肉とも判別できぬものであった。

「あの嵐の海に生命かけて梵天を漕ぎだして、仏さんしか見つけられんかった……その時は、お前っちだって辛かったが? けんど、たった一人でもこの異人を救えたんだじゃ。この男は俺っちにとっちゃあ、生命と掛け替えってわけだら?」

達吉は懸命に要蔵を説得しようとつとめた。

「そりゃ、こいつが生きてたのは、俺っちも嬉しいが。けんど、お咎めは嫌だじゃ。俺っちがしょっぴかれてみろ、お袋は飢え死にしちまうが……」

要蔵の口調には切実さが籠もっていた。

父や兄が揃っている達吉と違って、要蔵は病弱な母親を一人で養っている。ほかに係累は、他家に嫁いだ姉を一人持つだけだった。

要蔵が牢にでも入れば、母親の生計《たつき》が立ちゆかなくなるのは目に見えていた。

「要蔵が案ずる気持ちはよくわかるが。けんど、くわしいわけは、後で、謹申学舎《きんしんがくしゃ》の山川先生に聞いて貰えばええだら」

達吉は山川忠興《やまかわただおき》の磊落な笑顔を思い浮かべた。

山川は、松崎の江奈《えな》にある郷学の謹申学舎で英語を教えている士族の若者だった。

この異人がどこの国からやってきた男なのかはわからない。だが、伊豆で初めて英語を講じている山川の力を借りれば、なんとか話が通ずるのではないかと達吉は期待した。

「けんどよぉ、後からお尋ね者とわかったんじゃあ、遅いだら……」

要蔵は眉を曇らすと嘆くような調子になった。

「お前っちには、きっとお咎めなんか受けさせねぇ。だから、俺っちに力貸してくれ」

達吉は、懇願口調になった。

「どうするつもりだら」

要蔵は怪訝な口調で訊いた。

「この異人は、俺っちが念仏堂まで一人で背負ってくが」

達吉が言う念仏堂は、この広場裏の杉山の奥にあった。八月の念仏講の時以外には、村人の寄りつかない荒れた念誦堂《ねんじゅどう》であった。

「ああ。たしかに、あすこなら、普段は人が来ねぇら……で？」

要蔵はうなずいて続きを促した。

「もし、留吉たちが来たら、要蔵は居眠りしてるふりしててくれ。万事は、お前っちが寝てる間に俺っちが勝手に仕組んだことにすりゃぇえが。それなら、異人を匿った罪は俺っちだけが負うことになる……。お前っちは、火之番の途中に居眠りしてたって落ち度で組の制裁受けるだけは我慢しろや」

熱っぽい達吉の言葉に、瞬時、沈黙した要蔵は、にやっと笑ってかすかにあごを引いた。

こうした些細な過失の場合に定められた非常組の制裁は、組頭から説教を受けることであった。あとは、若い連中から罵詈雑言を浴びせられるくらいのことだろう。

「達吉は愚者《のーちゃん》だじゃ。勝手にしろ。お前っちがどうなろうと、俺っちの知ったこっちゃねぇが……」

要蔵は、踵を返すと背中で答えた。

突き放すようにも聞こえる口調のなかに、達吉は要蔵の自分への友情を感じて、こころのなかで手を合わせた。

要蔵は、首を振り振り焚き火の横をすり抜けて元いた筵のほうへと戻っていった。

「異人さん。俺っちの背中に負《ぼ》うされや」

達吉は異人の肩をぽんと叩くと、しゃがんで背中を向けた。急がなければ、替わり番の留吉と藤助が登ってくる。これ以上は時を稼いでいるわけにはいかなかった。

幸い、異人は達吉の仕草の意味をすぐに解した表情で、素直に達吉の背中にその身を預けた。

異人のずしりと重い筋肉質の身体を背中に感じながら、達吉は腰を揺すって立ちあがった。

「ふぁー。そう言や、俺っちは最初から眠かったが……」

要蔵は筵の上で手枕をすると、仰向けに横になって狸寝入りを始めた。

「すまねぇ。要蔵」

達吉は一声かけると、一歩一歩そっと足を踏みしめ、筵の上に残された遺体の横を広場の出口のほうへと歩いていった。

ふたつの焚き火のなかでは炭化する亡骸の奇怪な踊りがまだ続いていた。

2

杉山の斜面につけられた山道を、異人を背負った達吉はゆっくりと登っていった。

すでに三日月は三坂富士の山の端に沈んでいた。満天の星明かりがうっすらと地上に届いてはいるものの、あたりは漆黒の闇に包まれている。夜風が運ぶ湿った杉の葉の匂いが、心地よく鼻腔をくすぐった。

背中の異人に提げさせて自分の胸の前に突き出させた小ぶりの六角提灯の灯りが揺れた。心細い六角提灯だけが頼りの夜道だった。

漁夫は船にぶら提灯を乗せて行くことはない。重くとも骨組みがしっかりした六角提灯が好んで使われた。

右手の平氏ヶ岳の山並みからは、相変わらず仏法僧の声が谷にこだましている。夜露に濡れた雑草に覆われた坂道を登ってゆくと、目指す念仏堂の方角から鵺（トラツグミ）の、ひぃよ、ひぃよおんという澄んだ高い鳴き声が聞こえてきた。幽鬼が出てきそうなほどの、淋しげな声音だった。

（いやいや、俺っちの姿こそ、はたから見てたらまるで化け物だら）

行き合う人などいるはずもない森のなかで、達吉は一人で苦笑を浮かべた。

自分の丈より高く筋肉のしっかり付いた異人の身体はずっしりと重かった。達吉は山道の途中で石や切り株に何度か男を座らせて休みをとらなければならなかった。

両脚を投げ出して座った異人は頭を下げて「アリガト」を連発する。だが、ほかには何らの言葉も発することはなかった。知っている日本語はわずかのようである。

（やっぱり、こっそり山川先生に頼むしかねぇだら）

異人と意思の疎通ができなければ、匿いおおせるものではない。達吉はできれば明日のうちに松崎へ出かけたいと思った。

やがて、念仏堂が、杉木立を切り開いた小さな平地に薄ぼんやりと姿を現した。茅葺きの六畳敷き程度の小さなお堂である。いつ頃から建つものなのか、本尊は等身大の石造りの地蔵菩薩の立像だった。

入間には八月の浜辺で行われる「お念仏」と呼ばれる行事がある。

盂蘭盆の明ける日に村中の老女たちが波打ち際に集い、線香を焚き、鐘を叩きながら、帰依三宝（三帰依文）という念仏を半刻に渡って唱和するのである。

南無帰依仏　南無帰依法　南無帰依僧
帰依仏無上尊　帰依法離塵尊　帰依僧和合尊
帰依仏竟　帰依法竟　帰依僧竟

念仏と言っても浄土系ではなく、帰依三宝は臨済宗で尊ぶ『大悲心陀羅尼《だいひしんだらに》』に説かれる教えである。仏法僧を三つの宝として崇め、この三者にすべてを擲って信心せよという意味合いを持っていた。

実際には老女たちは、なーむーきーえーぶつー……という感じで一語ごとに伸ばして唱和する。夫や父母など村に帰って来た死者を送る念仏の声は、余韻嫋々と浜先に響き渡る。現在も続く古寂びた入間の夏の風物詩である。

天候が荒れた時など、「お念仏」はこの杉山の念仏堂に場所を移して行われることもあった。盂蘭盆には綺麗に清められ、譲山和尚の手によって香が焚かれる念仏堂だが、ふだんは忘れ去られたようにお堂は静まり返っている。

達吉は格子戸の前のわずかな濡れ縁に異人を下ろして扉に手をかけた。苔でうっすら青くなった格子戸は、蝶番をきしませながらゆっくりと開いた。

六角提灯で堂内を照らして、念仏堂に足を踏み入れた。

がらんとした黴臭い堂内には誰かが最近入ったようすは見られず、板敷きの床には筵の一枚も残されてはいない。奥の壁際の一段高いところには、左手に宝珠、右手に錫杖を手にした比丘形の地蔵尊が立っていた。

（お地蔵さま。ちょいと場所をお借りしますが……）

達吉は提灯を床に置いて石の地蔵にちょっと手を合わせると、振り返って手招きした。異人は四つん這いになって膝行しながら、板敷きのお堂のなかに入ってきた。

「Oh!!」

提灯の灯りに照らされた地蔵菩薩を見上げて、異人は小さく驚きの声をあげた。

「異人さん。いいか。後で寝わらと筵を持ってきてやっからな。それまで、飯でも喰っておとなしくしていてくれ」

達吉は手真似で示しながら、腰の帯に柳行李をくくり付けてきた手拭いを解くと、異人の目の前に差し出した。なかには手をつけていない握り飯が二個入っていた。

異人は達吉の眼を見て無言でうなずくと、両手を伸ばして柳行李を受けとった。

念仏堂にあまり長居をしているわけにはいかなかった。できれば、替わり番の留吉たちが、広場にやってくる前に戻っていたい……。

達吉は懐から竹筒の水筒を取り出して異人に渡した。

異人は両手に食糧と水を持ったまま、木偶のようにぎこちなく深く頭を下げた。

達吉は微かにあごを引くと、床から提灯を拾い上げて戸口へ向かって扉を閉めた。そのままの姿勢で頭を伏している異人の姿が強く印象に残った。

「あっ。しまったが」

淋しい鵺の声を聞きながら坂道を下る途中で、達吉は大きな声で叫んだ。

下の広場に寝ている遺骸は一体が足りなくなっているわけである。

梵天丸が帰ってきた時に、文平は十人が流れ着いたと口にしていた。明日になれば、遺骸が一人分足りないことに気づかないわけがない。

（どうすりゃええだら……）

杉木立の間にほの見えてきた火葬の炎を眺めながら、達吉は唇を噛んだ。

広場に戻ると、焚き火の近くから男たちの話す声が聞こえてきた。替わり番の留吉たちが上がってきたのだ。

達吉は足音を忍ばせ、三人の若者が胡座をかいて輪を作っている筵端に立った。

「おう。留吉と藤助、ご苦労だじゃ」

達吉はわざとのように先輩風を吹かせた。留吉は未、藤助は申年の生まれで、達吉と要蔵よりは歳下だった。

声をかけられた二人は、複雑な表情で顔を見あわせた。

「なんだ、変な顔して、俺っちの顔になんか付いてるだか？　ちっと小便《しょんべん》してただけだら」

ごまかしながら、達吉は目の端で遺骸を眺めて、驚愕のあまり大声を上げそうになるのを必死で堪えた。

なんということだ。ずらりと並んだ遺骸は最初の通り、きちんと八体なのである。

（ど、どういうわけだら……）

達吉は自分の顔から血の気が引くような気がした。だが、たしかに念仏堂では、今でもあの異人が寝ているはずだ。

「達吉、驚いただら?」

要蔵は立ちあがって達吉の顔を見た。才槌頭の影が筵の上で揺れた。

「い、いや……」

達吉は唾を飲み込んでかぶりを振った。留吉たちがいる前で、はっきりした態度をとるわけにはいかない。

「な。お前っちが念仏堂に運んだのは幽霊ってわけだが」

立ちあがった要蔵は達吉の背中を親しげに突いた。要蔵があの異人のことを口にするからには、留吉たちは事実を知っていると見るほかはなかった。

「なにが起きたんだら?」

達吉はこの場であったできごとを知りたくて要蔵の顔を見つめた。

要蔵はにやにやした笑いを口もとに浮かべている。

「留と藤助には、ばれちまっただじゃ」

要蔵は胡座をかいたままの二人にあごをしゃくると、冗談めかして大きく肩をすぼめた。

「水臭ぇが、達吉ぃ。俺っちは同じ梵天に乗ってる仲間だら?」

留吉は非難めいた口調で唾を飛ばしてきた。

「けんど、しょっぴかれるのは俺っち一人でええが……」

達吉は地面に視線を落とし、しょげた口調で肩を落とした。

「それにしても、わけぇ話してくれりゃ力になるが」

留吉は頬を膨らまし、口を尖らして嘯いた。

「すまんすまん。要蔵のおっかさんのことがあるで、つい……」

達吉は頭を掻いて謝るほかはなかった。

「藤助と俺っちは浜に流れ着いた新しい異人を運んできたんだが……で、燃えてるのと寝てるのを数えてみると一体足りねぇで、二人でたまげただじゃ……」

留吉が真面目に話す言葉には、どことなくおかしみがあった。

「すぐそばで、こいつらが騒ぎ出したんじゃ、いつまでも俺っちが狸寝入りしてるわけにもいかんだら？　せっかくの達吉の気遣いだったけどよ。仕方なくわけぇ話したんだが」

要蔵の口調には、その場を取りなす雰囲気が感じられた。

「この新しい仏さんのことは旦那さぁは？」

達吉の懸念は、新しい遺骸の漂着を文平が知っているかどうか、であった。

「大丈夫だぁ、達吉さぁ。この仏さんのこたぁ、俺っちと留しか知らねぇだじゃ。俺っちが、替わり番に来るんで前浜の浜先を通ったら流れ着いてたんだが。どうせここへ来るで、二人で大八に載せてきたってわけだじゃ」

年の瀬生まれの藤助は、まだ幼さの抜けきれぬ声で、熱っぽく喋った。

「そうか。それを聞いてほっとしただじゃ」

達吉は大きく息をついてうなずいた。

半刻ほどの後、達吉は、山のようなわら束と二本の巻いた筵を背負子に担いで、念仏堂に登っていった。

扉を開くと、異人の所在なげに座っている姿が闇のなかに浮かびあがった。

達吉が筵を敷き、わらを積み上げると、黴臭い堂内は甘酸っぱい新わらの匂いで満ちた。

異人は石地蔵を背に、おとなしく座って達吉のする支度を眺めていた。六角提灯の薄ら灯りに浮かんだ男の顔は、鼻筋が通って賢く善良そうに見える。

わらを積み上げ終わって掌をはたいているさなか、達吉の腹がぐぅーと大きな音を立てて鳴った。

「あじゃ……。そう言やぁ加美家を出てから何も喰ってねぇが」

達吉は照れ隠しに異人の顔を見ながら小さな声で笑った。

海が荒れて漁ができない日に、そう余分な食糧があるわけはなかった。

夜食として加美家に貰った握り飯は異人に食わせてしまったが、家に戻ったら後は寝てしまえばいい。

突如、異人の彫りの深い顔が大きく歪んだ。

鳶色の瞳が潤み始める。

異人はがくりとうつむくと、ぼろぼろと大粒の涙をこぼし始めた。念仏堂の板床に大きなしみが広がっていった。

「おいおい。いったい、どうしたんだら？」

達吉はあわてて異人の肩に手をかけた。

異人は顔をあげて涙を拳で拭うと、達吉の腹を無言で指さした。

「ああ。腹の虫が鳴いたが。お前っちも腹ぺこの時はぐうって言うだら？」

異人は背中に手を廻すと、柳行李を取り出して蓋を開けて見せた。

行李のなかは空だった。

「な。加美家で握ってくれる塩むすびは、白米《しらげ》が多いで滅法旨いが。漬物も食ったか？　ともかく腹がくちくなったなら、よかっただじゃ」

言葉が通じなくても気持ちが通じた嬉しさに、達吉はあたりを憚りながらも、異人に向かって喋り続けた。

「アリガト……。アリガト……」

異人は、端正な顔を涙で濡らしながらかすれ声で繰り返した。

「気にするな。俺っちなら、大丈夫だが」

達吉はしゃくり上げる異人に、やさしく声をかけた。

（やっぱり、こいつぁ悪い男じゃねぇら）

異人の涙はひたすらに感謝の気持ちを表していた。

異人とこころが触れあった喜びとともに、達吉は男を匿った決断が間違っていなかったことを確信した。

達吉の胸に静かな喜びが満ち汐のように拡がった。

筵の褥に異人を横にして戸外へ出ると、鵺の鳴き声が近くの枝から響いてきた。

不気味な調子を帯びている淋しい鵺の声でさえ、いまの達吉の耳にはこころに染み通るあたたかいものに聞こえるから不思議だ。

達吉はかるく首を振ると、大きく夜気を吸い込んだ。杉の葉の芳しい香りが、清々しく胸のなかに拡がった。

朝からの苛酷な働きに、達吉の身体はくたくたに疲れ切っていた。

だが、今日一日の死闘は、一人の人間の命を救うという大きな成果を生んだのだ。

達吉は、闇に沈む念仏堂を何度か振り返りながら、村へ続く坂道をこころを弾ませて駆け下りて行った。

海蔵寺の庫裡やら加美家やらで点す灯りが、木の間に見え隠れしてきた。達吉の長い長い彼岸の一日は、ようやく終わろうとしていた。

3

翌朝の南伊豆は、春には滅多にないどこまでも澄みきった青空が広がった。

瑠璃色に輝く空には、高層に刷毛で引いたような白い筋雲が彩りを添えていた。

達吉は朝飯を終えると、嫂に昼飯を頼んで、麦の多いどす黒い飯をメンパという竹で編んだ弁当箱に入れて貰って家を出た。念仏堂の異人に運ぶための食糧である。一食を抜くことは覚悟の上だった。

藤助と村を囲む土塁の南側の出口のところで落ち合うと、達吉は念仏堂を目指した。

村から念仏堂へは、海蔵寺と昨夜詰めていた火葬の広場を通って行かなければならない。

銀鼠色の瓦を載せた海蔵寺の山門のところまで来ると、いま、最も会いたくない二人の人物が立ち話をしていた。外岡文平と譲山和尚である。

和尚が竹箒を手にしているようすを見ると、朝の作務として門前を掃いているところに文平がやって来たものだろう。

取るものも取りあえず達吉たちは、二人の視線の届かない大楠の木陰に身を隠した。

「亡くなった異人たちは、和尚にお任せできるから懸念はございません。けれども、生きている四人の異人がことは、戸長としてのわたしの領分です。それが、話がまったく通ぜぬでは、つとめを果たすどころか、県令さまへの満足な上申もできません」

文平のよく通る声が屈託げに響いた。

「唐人であれば漢語で筆談なりするとの法もあろうが、西洋人となるとお手上げだの」

譲山和尚はしわの多い額をつるりと撫でた。

「これはやはり、異人と話す力を持つ該博な知識を村外に求める以外には方策はございますまい。そこで、和尚の手を煩わすほかにはないと……」

眉を寄せた文平の表情は曇っていた。これまで、達吉は文平の困った顔というものをあまり見た覚えがなかった。

「村外というと、まずは謹申学舎《きんしんがくしゃ》じゃの」

和尚は長いあご髭をしごきながらうなずいた。

「聞き及びますに、謹申学舎には異国の言葉を教える士族がおられる由。塾長とかねてご懇意の和尚に一筆お願いしたいと思いまして」

文平は恭敬に頭を下げた。

謹申学舎は明治五年（一八七二）の三月に、松崎四ヵ村の富裕な名主たち、すなわち依田佐二《よださじ》平《べい》(大沢村)、佐藤源吉《さとうげんきち》(岩科村)、福本善太郎《ふくもとぜんたろう》(江奈村)、奈倉惣三郎《なくらそうざぶろう》(道部村)が協議して、江奈村の旧掛川藩の江奈陣屋跡に設けた郷学である。

開校にあたって塾長として招聘された人物は、保科頼母《ほしなたのも》であった。

頼母は会津藩最後の家老の一人であり、戊辰戦争では白河口総督として奮戦した。後の箱館戦争では、榎本武揚《えのもとたけあき》や土方歳三《ひじかたとしぞう》とともに戦った人物である。

五稜郭の戦いに敗れた頼母は、各地を転々とし、数年前からは伊豆松崎に居を構えていた。頼母は幕政期には養家の西郷《さいごう》姓を名乗っており、西郷頼母という名乗りのほうが世に知られている。

大正三年発行の『南豆風土誌《なんずふうどし》』によれば、謹申学舎では頼母が漢学を、静岡県士族の山川忠興が英語を講じたとあり、生徒数は百余名とされている。明治七年の初頭までは、後に青山学院の創設に携わる元幕臣の生島閑《いくしましずか》がフランス語を講じていた。

この年、明治七年八月までの短い期間に、依田佐二平の弟で「十勝開拓の父」と呼ばれた依田勉三《べんぞう》や、遠洋漁業の先駆者として知られる石田房吉《いしだふさきち》など、多くの優れた人材を輩出した。

保科頼母と譲山は懇意で、譲山が所用で松崎へ赴く時には必ず頼母のところに立ち寄った。達吉も松崎までの舟の漕ぎ手として譲山和尚の供をすることがあり、謹申学舎を訪ねたことも何度かあった。

頼母は近づきがたく、厳しい相貌の初老の漢学者だった。が、達吉が訪ねると不思議と声をかけては菓子などを与え、世間話をすることを好んだ。

息を潜めていた達吉の後で、藤助が大きなくしゃみをしてしまった。

「そこに、誰ぞおるのか」

譲山和尚の険しい声に、二人ともこそこそと木陰から出るしかなかった。

「おはようごぜぇやす」

「いいお天気になりやした」

達吉たちは悪戯を見つかった子どものように、並んで頭を下げた。

「なんだ。達吉と藤助か。なんの用だ」

詰問するような文平の声の調子に、達吉の胸はどきんと鳴った。

「い、いや。今日の火之番を……」

藤助が蚊の鳴くような声で答えた。

達吉は藤助が失言をしていることに気づいて顔をしかめた。

「それはおかしいの。今朝になって、オテ浜にまた三体ほど流れ着いておる。三治たちが運んできたが、燃やす薪にもキリがない。火葬は初めの二体だけで、あとは土葬にする外はないと決めたんじゃ。朝一番で、組頭にはその旨を伝えてあるぞ」

和尚は怪訝そうに眉をひそめた。

土葬となると遺骸は海蔵寺の墓地には納めきれない。村のはずれになんとか場所を探して埋めるしかなくなる。

「えー。お寺さぁで何かお手伝いでもありゃあせんかと思ったんだじゃ」

達吉はこの場をごまかすために、あえて大きな声を出した。

「ふぅむ。それは殊勝じゃの。では、早速じゃが、達吉に頼みたいことがあるわ」

どこか腑に落ちぬと不審げな和尚の声だった。暑くもないのに、達吉の額から汗がどっと噴き出した。

「お安い御用だら。俺っちが行ってくるが」

後ろ暗いところがあると、人はこうも早口になるものかと、達吉は内心で驚いた。

「気の早い男だの。わしは、まだ、なにも頼んでおらんぞ」

和尚はこほんと咳払いをした。

「松崎の江奈まで、わしの書いた文《ふみ》を持って行ってくれ。頼母どのにお渡しするんじゃ。お前はなぜか、頼母どのに可愛がられておるでの。それと、謹申学舎のなんと言われたかの……」

「山川先生だら？」

言いよどむ和尚に、達吉は間髪を入れずに答えた。

「妙に察しがいいな。そうか、お前、立ち聞きしてたんだろ。行儀のよくない男だ」

叱るような口調だったが文平の眼は笑っていた。

達吉は笑ってごまかす以外になかった。

「そうそう。山川忠興という仁じゃったな。謹申学舎で異国の言葉を講ずる士族の若者は」

和尚は、達吉と文平のやりとりには無関心なようだったが、山川の名前を思いだしたことで満足げな声を出した。

「山川先生を俺っちが呼んでくればええだら？　すぐ行ってくるが」

「待て待て。頼母どのへの文は、これから書くのじゃぞ」

いまにも駆け出しそうになる達吉を和尚は右手を胸の前に差し出して制止の素振りをした。

「いんや、和尚さま。俺っちは舟の支度しに行くだけだじゃ。もう、波もだいぶおさまったし、山道は崖《まま》崩れがおっかねぇだら」

達吉は大仰に怖ろしげな表情を作った。

松崎までの陸路は、蛇石峠《じゃいしとうげ》越えの六里近い険しい山道を越えて行くしかなかった。昨日の嵐のために山中では崖崩れが起きている可能性が高かった。

おまけに蛇石峠手前の村内、差田《さしだ》から一色《いしき》あたりにかけては、棚田や段々畑も多かった。この地域には地盤を支える大木がないために崖崩れの危険率は高まる。

ある程度の波があっても、慣れた海路のほうが安全なことは間違いがなかった。

「そうか。それでは、庫裡で文を書いておるで、後から取りに参れ。そうさな。四半刻もあればよかろう」

「へいっ。後で伺いやす」

達吉は威勢よく返事した。

「おう。そうじゃった。湯を沸かしておったんじゃ。文平どの、庫裡へ来られぬか。茶なりと進ぜよう」

「これは、かたじけない」

譲山和尚が茶に誘うと文平は会釈を返し、二人は本堂のほうへ向き直った。

和尚は竹箒を手にしたまま山門を潜った。文平も和尚に従って門内に入る。文平のほうが頭一つ分ほど高い後姿が二つ並んで、小砂利を踏む音を立てながら遠ざかっていった。

二人が本堂の右手前すぐの松の大木の陰に消えるまで、達吉は我慢して姿勢を崩さなかった。

和尚たちが視界から隠れると、達吉はゆっくりと石窟が穿たれた向かいの崖へと向き直った。無言で目配せをすると、藤助が小さくうなずいた。

腰をかがめ、素早く山門を離れた達吉たちは、足音を忍ばせると、山門の脇の道を裏手の広場へと登っていった。

非常組の誰かがいたら厄介だと思っていた火葬の広場には、あまりつきあいのない村の老人が二人、掃き掃除をしているだけだった。

二人は老人たちに見つからないよう、急いで広場の端をかすめて杉森に続く小道に入った。

横目で見ただけでは、はっきりしたことはわからないが、ずらりと並んだ八体の亡骸にも変化はなさそうである。遠目にも、二つの焚き火の後の地面に黒々とした薪が焼け残っているのが見えた。

コジュケイの甲高い鳴き声が響き渡る朝の杉森を、二人は念仏堂めがけて登って行った。

驚いたキジバトが杉木立から飛び立った。

葉裏から跳ね返った朝露が達吉の顔にかかった。

やがて、杉森の切り開かれた台地に建つ念仏堂が見えてきた。木の間から差す朝日に、神々しく輝いている。

達吉は首を周囲の森に巡らして人影のないことを確かめた。そっと念仏堂の扉に手をかけて引いた。

薄暗い堂内で、ごそごそとわらを払いのける音が聞こえた。半身を起こす人影が見えた。戸口から差し込む朝の光のなかに異人の白い顔が浮かびあがった。

異人は達吉に顔を向けると、かすかにうなずくような素振りを見せた。

「Good mornig, gents.」（おはよう、みんな）

杉板の壁に抑えた声音が響いた。

「飯を持って来ただじゃ」

堂内に足を踏み入れた達吉が、メンパを顔の前で振ると異人は口もとに笑みを浮かべた。

「達吉さぁ。ほんとに生きてるが……」

後から藤助の感嘆するような声が上がった。

「いまさら何を言ってるんだ。藤助」

達吉は振り向くと藤助の頭をかるく小突いた。

異人は興深げな表情で、達吉たちのやりとりを見ていた。

陽の光のもとで初めて見る異人の顔は、思っていたよりも若かった。清作や三治たちくらいか。

二十代の半ばといったところだろうか。

実った麦の穂のような黄金色の豊かな髪。秀でた白い四角い額と、微かに上気して赤みを帯びた頬。くっきりとした眉の下の澄んだ鳶色の瞳には、明るい光が宿っていた。

意志の強そうな引き締まった唇が開くと、並びのよい白い歯が覗いた。

鼻筋通った顔立ちは品よくまとまり、この男が物心ともに豊かに育った人間であることを思わせた。

「家《うち》っちの飯だで、加美家のみたいに旨かねぇけどな。けどよ、異人さぁ、ゆんべのはありゃ特別だが。お前っちは金持ちそうだで、故国《くに》じゃ白米《しらげ》ばっかり喰ってただら？　口に合わねぇかもしれねぇが、俺っちはみんなこんな飯だじゃ」

軽口を叩きながら、達吉はメンパを差し出した。

異人は両手を伸ばして押し頂くようにして受けとった。

昨日からのやりとりで言葉を理解できなくとも、相手には口調や表情などである程度の意思が通じることを達吉は感じていた。

「達吉さぁ。異人は俺っちの言葉がわかるんか？」

異人に向かって喋り続ける達吉の態度が、藤助には不思議だったようである。

「いや。いままでこいつが話したのは、水、匿って、ありがとの三つだじゃ」

達吉は声を立てて笑った。

二人の話を聞いていた異人は、メンパを傍らの板床に置いた。達吉の眼をじっと見つめ、小首を傾げてしきりに何かを考えている。

異人の引き締まった唇がゆっくり動いた。

「タチ……キチ……」

達吉は我が耳を疑った。

身体の動きを止めて、藤助もじっと異人の口もとを見つめる。

「タツキチ……」

達吉は目を瞠って身を乗り出した。

異人はたしかに自分の名を呼んだのである。

「おい。俺っちの名前がわかるのか？」

上ずった達吉の声が堂内に響いた。

「タツキチ。アリガト」

異人は明るい笑みを浮かべながら、片眼をつぶって見せた。

「おおっ。達吉、この異人さん。お前っちの名前呼んでるが」

「しーっ。声が高いが」

達吉はあわてて制した。

藤助は興奮のあまり、周囲に音が漏れる危険を忘れてしまったと見える。

「お前っちはなんて言う名前だ？……えーと……俺っちは達吉だら……」

達吉は自分の胸を右手の人差し指で差した。

「お前っちは？」

今度は同じような形で異人の胸を指さす。

「Thomas Brown……」（トーマス・ブラウン……）

異人は達吉の真似をして自分の胸を指さしたが、名乗りは達吉には聞き取れなかった。

「何だって？」

「Thomas……, I'm Thomas.」（トーマスさ。僕はトーマス）

眉根にしわを寄せて聞き返す達吉の目を見据えて、異人はゆっくりと繰り返した。

「おます？　大桝って言うんだか？」

やはり、異人の発音は聞き取りにくい。達吉は自信なく聞き返した。

「ノゥ！　トーマス」

異人は大きく頭を振ると、額に深い縦じわを寄せた。

「トーマスか……。トーマスって言うだか？」

今度はどうだろう……。達吉は異人の反応を待った。

「Yes!! My name is Thomas.」（そうだよ。僕の名前はトーマスだ）

異人は顔をほころばせて大きくうなずいた。

（やった。正解だじゃ）

トーマスで間違っていないようである。藤桝、唐鱒、島増……。頭のなかには、いろいろな文字が浮かんだ。

「トーマス。よろしくな。こいつは藤助だ。トースケ」

達吉はこころを躍らせながら藤助を指さした。

「トースケ」

異人は、今度は一度でかなり上手に藤助の名を呼んだ。

「おお。異人さぁが、俺っちの名前も覚えてくれたじゃ」

藤助は大きく声を弾ませた。

「トースケとトーマス、そう言や、音がよく似てるだら。藤助、もしかすると、お前っちの名前は異国にもあるんじゃねぇつらか」

達吉が冗談めかして言うと、藤助がまさかという表情で笑った。

意味はわからないのだろうが、トーマスもつられて笑った。

お互いの名前がわかると、感情も共有しやすくなるのではないか。そう達吉は感じていた。

「トーマス」

　異人は自分の顔を指さしながら、わざとらしいしかめっ面を作って重々しい声を出した。

「だから、お前っちはトーマスだら？」

　真意を図りかねて達吉が聞き返すと、トーマスはこれも大仰な渋面であごを引いた。

「トム」

　トーマスは自分をそう呼んだ。

　ぐっとくだけた表情になったトーマスは、顔に指を向けると白い歯を見せて大きくうなずいた。

異人はこの動作を二度はっきり繰り返して見せた。

「きっとトーマスって言うのを、詰めてトムって言うんだら。仲間うちで達吉のことを達って言うみてぇによ」

　藤助が大発見でもしたように、わくわくしたような声を出した。

「そうか。仲間ならトムって呼びゃあいいんつら？　おい、トム。お前っちは、俺っちの仲間だが」

　達吉も昂揚する気持ちを素直に声に表した。

「タツキチ。You're all right.」（そうだよ、タツキチ）

　歌うように言って、トムは右の眉をひょいと持ち上げておどけた表情を作った。トムは首を振り振り口笛を吹き鳴らした。

「トム。俺っちも仲間だじゃ」

　藤助は親しげにトムの肩をちょっと突いて見せた。

「OK!! トースケ」

トムは嬉しそうに満面に笑みを湛えて藤助の肩を叩いた。

格子戸から降り注ぐ朝日のなかで、三人は何度もお互いの名前を呼んで笑った。

外の杉森近くでは、二羽のコジュケイが鳴き合う声が響き渡っていた。

四半刻ほどの後、達吉は海路の人となっていた。

念仏堂に一人きりで残してきたトムのことが気がかりではあったが、松崎までは陸路と同様に六里近くの路程がある。のんびりしていると、帰ってくる前に日が暮れ落ちる恐れがあった。

暗くなってから岩礁の多い入間の入江を漕ぎ戻ってくるのは無謀に近かった。

空はどこまでも晴れていた。昨日は波飛沫に隠れて見えなかった駿河湾越しの対岸が、御前崎あたりまで青い海岸線を見せていた。

春霞たなびく駿州の平野背後には、真北に雄々しい富士の秀麗が、のし掛かるほどの偉容でそびえ立っていた。

達吉の鍛えられた眼は、つるつるに凍りついて蒼氷となった残雪が、陽光に磁器のように白く光る姿を捉えていた。

頂上付近から五合目にかけての稜線に山旗雲がまとわりついて、風下の東側に流れていた。

紺碧に輝く海を背景にした霊峰富士は、達吉が日本一の絶景と信じる姿を取り戻していた。

達吉は雑魚舟に小さな帆を張って、駿河湾を伊豆半島の西岸沿いに北上していた。

さっ、さっと舷側にあたる波の音が心地よい。巽（東南）から吹く風は松崎湊へ向かうには、まずまずの右斜め後からの追風だった。

梵天丸の半分ほどの長さしかない雑魚舟は、西南伊豆地方では「チョコ」とも呼ばれる。細身で舳先が尖っているために安定は悪いが、船足は速かった。入間では刺網漁のほか、名産の岩海苔・天草採りにはもちろん、岸辺近くのさまざまな漁に使っている。隣村などに渡る海上の交通手段としても重要な役割を担っていた。松崎からは謹申学舎の山川たち三、四人を乗せて帰ればよいのだから、一人で操船できる雑魚舟でも十分だった。

達吉の手慣れた楫さばきで、舟は細かく舳先を左右に振って風をつかまえ、帆をふくらませ続けた。

海を滑ってゆく雑魚舟の楫柄を握っているのは小気味よかった。小さく砕ける波頭が、陸《おか》から降り注ぐ陽光を受けて銀鱗のように反射している。

右手に三ッ石岬が見えてきた。

九人の男たちが生命を賭した海域は、昨日の凶悪さが腹立たしいほどに、穏やかに取り澄ましていた。

加賀根の沖向かいには、昨日と変わらず白い帆柱が海面から佇立していた。檣頭の赤い旗はぼろぼろに引きちぎれて、すでに形をとどめていなかった。

雑魚舟は牛根の黒い岩塊を通り過ぎてゆく。

波に呑まれて絶体絶命の時に味わった死の恐怖を、達吉は思い起こした。

引きつりそうだった両脚の感触や、心ノ臓が膨張して破裂しそうな感覚、赤と緑の明滅の激しい刺激が呼び覚まされた。

冷たい遺骸に過ぎなかったトムを背負って海を渡った時のつらく空しかった気持ちが、まざまざと蘇ってきた。

（でも、トムは生きてたんだらじゃ）

己が身を賭けた苦労の甲斐はあった。

トムを仲間と呼ぶことができた喜びが、達吉の胸に湧き上がってきた。

鳥糞で真っ白の赤島の廻りを海鵜の黒い影が甲高い鳴き声を上げながら飛び交っている。赤島は海面から身を持ち上げた鯨の形に似ていた。

隣の吉田の白髭神社の青銅《あお》屋根が浜辺の樟林の間から覗いているのが遠くに望まれた。

丸くなだらかな二十六夜《にじゅうろくや》山《さん》を越すと、妻良、子浦の湊を擁する入江が、翠色にとろりと澱んだ姿を覗かせていた。

この二つの湊は入江の奥深くに位置するために季節風に曝されにくかった。廻船や旅船（遠方からやってくる漁船）にとって最適な風待ち港として栄えていた。

両村を併せて三十軒を超える船宿を持ち、遊女屋さえ成り立つほどだった。

妻良には、遠い親戚の漁家が二軒あった。だが、一休みしたいと思っても、帆走では湊に近づける風向きではなかった。

伊浜村の沖に浮かぶ宇留《うる》井《い》島《じま》を右に見て波勝崎をまわった。雑魚舟は切り立った熔岩の海岸段丘が見事な赤壁の景勝沖を、静かに通り過ぎていった。

文字どおり烏帽子そのままの姿形で海から屹立した雲見の烏帽子山を過ぎると、北西の景観が思う以上に近くに望めた。

右手に楫を切ると、いよいよ松崎の街並みが視界を占めてきた。

黒白の海鼠壁と銀色の甍の波が続いている。中州の目立つ那賀川《なかがわ》の河口近くにもやわれた数艘の伝馬舟が見えてきた。

松崎の湊はまもなくだった。

第四章　あまねく縁に随いて

1

魔を祓うといわれる弓弦の音が、静謐を保つ照葉樹の森に響き渡っている。

達吉は粛然とした空気に身の引き締まる覚えがした。今日の自分は、入間村にとって大切な使命を帯びて江奈《えな》を訪れているのだ、という思いが募ってきた。

船を下りた達吉は、松崎の湊から十町ほどを一気に走って船寄《ふなよせ》神社の境内に立っていた。

どこかで落ち葉を焚く煙がほのかに漂い、タブノキの小花が吐き出す香気と混ざって、厳かながら、柔らかな空気を作っていた。

江奈村西北の山裾にある神さびた船寄神社は、創建がわからぬほどに古い。

船に因む社名は、渡海や漁業の無事を祈念して名づけられたとされていた。祭神として祀るのは積羽八重事代主命《つみはやえことしろぬしのみこと》。つまりは恵比寿さんである。

旧掛川藩の江奈陣屋を利用した謹申学舎は、船寄神社西隣の高台に位置していた。学舎の建物へは、拝殿の左手から登る石段があり、石段下の広場は二十八間の弓庭を三つ持つ矢場になっていた。

船寄神社では、元禄十三年（一七〇〇）以来「弓引き」という新春の神事が、三百年に渡って行われてきた。

船寄神社の弓引き神事は、江奈陣屋に詰めていた旧掛川藩太田家領地組に属する三十六人の足軽たちの弓の稽古に端を発するものである。当時「一俵武士」と呼ばれていたこの足軽たちが、ペリー来航時には下田まで出動した記録も残っている。

的場に矢の突き刺さる音が、神さびた境内の静けさを破った。

矢場で一人、諸肌脱ぎになって稽古弓を引き絞っているのは、達吉が訪ねてきた当の相手の山川忠興であった。

「山川先生ーっ」

達吉は不躾かとは思ったが、目指す山川の大柄な体軀を見つけて、急くような気持ちで遠くから声をかけた。

「なんだ。騒々しいと思ったら、達吉じゃないか。譲山和尚の使いか？」

振り返った山川は、弓を左手に提げて、メンパにも似た輪郭の顔に朗らかな笑みを浮かべた。

山川は幕臣から明治の世に変わって静岡藩士となり、廃藩置県後は静岡県士族となっていた。当年とって二十五になるが、その相貌はまだまだ若々しかった。

多感な時期に世の動乱に巻き込まれ、多くの辛酸を舐めた人物とは思えなかった。

良家の出身のせいか、不遇の立場にあっても、山川にはいつもどこか泰然自若とした雰囲気があった。

「そうなんで……。でも、今日は和尚さまだけじゃなくて、外岡の旦那さぁのお使いでもありやす」

　達吉の声は明るかった。相当な家柄の旗本の家に生まれながら少しも権柄《けんぺい》ぶらない山川のさっぱりした人柄が、達吉は好きだった。

「外岡さん？　入間で何か起きたのか」

　藍染綿布の袴を音を立ててさばきながら山川は近くに寄って来た。達吉に弓を預けて白い稽古着の袖を入れた。

「村で昨日、一大事が起こりやして……」

　達吉は興奮気味の口調で告げた。

「おいおい、達吉。男子たるものが、軽々に一大事などという大仰な言葉を口にするな。……いったい何ごとなんだ」

　山川はにやにや笑いながら、帯に巻いていた手拭いで額の汗を拭った。

「入間の浜に異人が……。昨日から十人以上の西洋人や唐人の仏さまが流れ着いて……」

　達吉がそこまで言いかけると、山川は後に一歩のけぞって大声で叫んだ。

「なんだと。異人が十人も死んだだと。そりゃ一大事だ」

「ありゃ、先生も一大事って言ってるだら」

　達吉は不謹慎ながら、うつむいて笑いを噛み殺した。

「混ぜっ返すな。……昨日の嵐で難船した船があるんだな」

　山川は冗談めかして口を尖らすと、すぐに真面目な顔に戻って訊いた。

「へぇ。旦那さぁがおっしゃるのには、沈んだのは、たぶん異国の船だろうと」

達吉も神妙な声でうなずいた。トムから聞けば、詳しい事情はわかるだろう。達吉は内心で思っていた。

「それで、助かった者は一人もおらんのか」

達吉はぎくりとした。今ここでトムのことを話してしまえば、後が楽ではある。

「えーと。あの……生きてるのは……初めに一人が浜に泳ぎ着いて、あとから吉田に三人が舟を漕いできて……」

背中に汗が流れ落ち、口調はしどろもどろになった。トムのことを言い出すなら、いましかない。

「四人とも異人か？」

畳みかけるように尋ねる山川に、達吉は真実を述べる機会を逸した。

「へぇ、みんな西洋人だって言ってやす。髪の毛が金色な奴とかもおりやして……」

苦しまぎれに言うのが精一杯で、達吉は眼をそらしてうつむいた。

結局、トムのことは口にできずに終わった。

山川は達吉の態度に不審を抱くようすはなかった。

「ふむ。となると、拙者は通弁として、早速にも入間へ赴かねばならんな」

剃り跡の青々としたあごに手をやって、山川は考え深げな声を出した。

「そうなんで。和尚さまと旦那さぁが、山川先生にお出で頂きたいって。そうでないと、異人の言葉がわからねぇんで、県令さまに報せる時に困るんだって言ってたが……」

使いの言葉を伝え終えた達吉は、ほっと息をついた。

「うーん。県令閣下にまで報ぜなければならぬ事態か。しかし、果たして、拙者の英語が通ずる相手かな。拙者は蘭語はともあれ、英語はもともと、筆談くらいしかできんのだぞ……」

自信なさげに山川は眉を寄せた。

謹申学舎創立者の一人、岩科村の佐藤源吉は、後に政府に提出した褒賞授与申請のなかで、「蓋シ吾豆州ニ在リテ、英学教授ヲナセルハ此学舎ヲ以テ嚆矢トス」と誇らしげに書いている。少なくとも明治初頭の伊豆地方に居住する者で、人に教えるほどに英語を身につけていたのは、山川が唯一人であったろう。

「でも、ほかに頼れる人がいないって、旦那さぁも言ってただら」

山川はぽんと手を打った。

「うん。そうだ、達吉。渡りに船とはこのことだ。いま、謹申学舎には、そのつとめにふさわしいお人が見えているんだ」

山川は顔をほころばせて、弾むような声を出した。

「へ……。どなたさまで？」

当然、異国の言葉を解する人間でなければならない。達吉には想像もつかなかった。

「当年とって十八になる吉益亮子《よしますりょうこ》と申すたおやかなる武家娘だ。……いやいや、当節そんな言い方は流行らんな。時代の新知識なる麗しき才媛、吉益亮子嬢だ」

むろん、達吉は初めて聞く名前の女性だった。十八というと、自分より一つ歳上である。

「と、言っても、古風で雅びた顔立ちの人でね。女雛のように色白く、柳眉蛾眉とでも称すればよいか、細くか細い眉。ちんまりと形のよい鼻。形のよい朱唇からは皓歯《こうし》が覗く。小さく愛くるしいあご。鳴海絞りの浴衣を着流して川端に涼む姿など、鳥居《とりい》清長《きよなが》の描く美女もかくやと思わせる。ま、得も言われぬ風情といったところだな」

山川は小鼻をふくらませ、目尻を下げた。

「へぇ……。きれいな方なんですね」

達吉はいささかげんなりして答えた。

「まぁ、いま、お前にも会わせてやるよ。驚くぞ。……だが、驚くのはな、単に美貌を持つという話じゃない。吉益さんは、この国で初めて米国に渡った女性なんだぞ」

山川は自分のことでもないのに自慢気な声を出した。

「ベイコク……どんな異国だら？」

遠い異国には違いあるまいが、達吉には見当はつかなかった。

「達吉は、二十年ばかり前に下田に来たペリーと申す海軍の大将の国は知ってるな？」

その国の話なら、譲山和尚から聞いたことがある。はるか海の彼方にある広大な沃土を持つ国だという。

「へぇ。和尚さまの描いたその国の人の絵も見たことがあるが……」

達吉は譲山和尚の描いた『墨夷海員之図《ぼくいかいいんのず》』を思い起こした。となると、トムたち漂着者と同じ西洋人の国だ。

「うん。入間からもずいぶんと大勢の見物人が出たそうだな。ペリーの艦隊を派遣した国こそが米国だ。拙者が教える英語を話す数千万を超す民を抱える大国だ。電信、蒸気機関、鉄道など、現在、我々が範と為さねばならぬ多くの新知識を持つ」

山川の声は船寄の杜に朗々と響くが、さっぱりわからぬ言葉がいくつも出てきた。

「いまから三年前、北海道開拓使が女子留学生を公募した。米国を視察した開拓使次官の黒田《くろだ》清《きよ》隆《たか》は、彼の国に於いて教育ある婦女子が国を栄えさせるに与する力たるや、絶大なることを痛感した。黒田次官は、我が国でも女子教育の急迫にして枢要なるを感じたんだな。渡航費用から十年の長きに渡る学費生活費のすべてを官費で賄い、女子教育の中核となるべき人材を育てんとの腹づもりだった」

昂奮してきたのか、山川の言葉遣いが士族同士の会話のようになって、どんどん漢語が増えてきた。

達吉は、話から取り残されまいと必死でその意味を追った。

「だが、これには一人の応募もなかった。当たり前さ。いま現に入間の村人だってそうだろうが、日本に渡ってきた異人ですら怖れているのだ。可愛い娘を鬼のような蛮夷が棲む国に十年も送ろうなどという親は世のなかに一人もおらぬ。黒田の発案は天下国家を思う知慮と見えて、その実、全くや人情にもとるものとの誹りを免れまい」

山川は、憤慨口調になった。薩州出身の黒田清隆は、五稜郭戦争で敵将の榎本武揚に恭順を説いたことで知られる。

開拓使の事実上の責任者となってからは、人材を幕臣に広く求めるという敵我の恩讐を超えた人事を行った。

だが、反薩長最後の砦を責めた人物として、山川は黒田を快くは思っていないのだろう。

「開拓使は仕方なく、人材を新政府の関係者に募ることにした。その結果、五人の士族の娘が選ばれたんだ。世に骨からの武家はいた。もっとも、それは我ら旧幕臣と、会津藩士であった者の子女たちだったのだ」

山川は、誇らしげに肩をそびやかした。山川の言う五人は、いずれも年端もいかぬ少女たちであった。

吉益亮子（十五歳）東京府士族・秋田県典事・吉益正雄（元幕臣）娘
上田《うえだ》悌子《ていこ》（十五歳）外務省中録・上田畯（元幕臣）娘
山川捨松《やまかわすてまつ》（十二歳）青森県士族・山川与七郎（元会津藩家老）妹
永井《ながい》繁子《しげこ》（九歳）静岡県士族・永井久太郎（元幕府医官）養女
津田《つだ》梅子《うめこ》（八歳）東京府士族・津田仙（元幕府通弁）娘

この年齢は数え歳であるから、最年少の津田梅子（津田塾大学の前身である女子英学塾の創始者）に至っては、現代で言えば七歳の幼童で、小学校二年生という幼さである。

五人の少女は留学に先立って宮中へ召され、時の昭憲《しょうけん》皇后から御沙汰書を賜った。

――女子ノ身ヲ以テ海外修業ノ志、神妙ノ至リニ思召サレ候、追々女学御取リ立テニ候ヘハ、成業帰朝ノ上ハ婦女ノ模範トモ相成候様心カケ、日夜勉強致スヘキ事

五人は、いわば勅命によって「婦女の模範」となることを期待された。

岩倉具視《いわくらともみ》遣外使節団の一行とともに、明治四年十一月に横浜港から出港する外輪船アメリカ丸に乗り込んだ。稚児髷に振袖姿という出で立ちだった。

使節団は公家の岩倉を初め、参議・木戸《きど》孝充《たかよし》（長州）、大蔵卿・大久保《おおくぼ》利通《としみち》（薩摩）、工部大輔・伊藤《いとう》博文《ひろぶみ》（長州）、外務少輔・山口尚芳《やまぐちなおよし》（佐賀）だった。つまり維新における勝者の側に立った人間ばかりであった。

これに対して、女子留学生の五人は、すべて幕臣あるいは賊軍となった会津藩、言葉を換えれば、敗者の娘たちのみで構成された。

薩長土肥の四藩によって政治が牛耳られる藩閥政治の時代にあって、敗者の士族知識人たちが新しい時代にそれぞれの家を支えてゆく道を、娘に賭けていたとも言える。

女子留学生たちは二十三日の船旅を終え、サンフランシスコで船から下りた。引き取りに行った弁務公使で薩摩出身の森有礼《もりありのり》は梅子たちを見て絶句した。

――こんなに幼い子をよこして、いったい、どうすればいいと言うんだ……。

有礼は悲鳴をあげ、政府への怒りを露わにしたという。

明治五年（一八七二）二月二十九日、ワシントンD.C.に到着したおりに撮影された一葉の写真には、小さな梅子が捨松の膝に乗る、いたいけな姿が残されている。

吉益亮子は津田梅子とともにワシントンD.C.のチャールズ・ランマン家に預けられた。

ランマンはダニエル・ウェブスター辞典の編者として知られる著名な文化人で、当時は日本公使館の私設秘書として雇用されていた。

「……そういうわけで、吉益さんは日本の女として、初めて大海原を蒸気船で渡り、彼の国の首府の華盛頓《わしんとん》という都邑に居住した。日本の女として初めて米国人の家に住んで、彼の地の水を呑み、飯を食い……そうだ。スカートも初めて穿いた」

山川の言葉が、ようやく平明な調子を取り戻したと思ったら、また、わからない言葉が出てきた。

「スカートって何だら？」

達吉は、きょとんとした声を出した。

「言わば、洋装の袴だな。異国では女は巾着袴を穿く習俗なんだ。ま、これは一例で、つまり、完全に米国風の暮らしを知っている人というわけだ」

巾着袴は股の割れていない袴である。

なるほど、そのような女性なら、加美家に預けられている四人の異人と話すこともわけはなさそうである。

「ところで、残念にも吉益さんは、向こうで眼を患って学問を続けること叶わなかった。滞留一年で泣く泣く帰国の途についたのだよ」

山川は、ちょっと声を落とした。

到着時の有礼の懸念とは裏腹に、年長の吉益亮子と上田悌子（後に『海潮音』で知られる詩人・上田敏《うえだびん》の母となる）の両名が、病を得て一年後には帰国することとなってしまう。

亮子の病気は眼病だったとの記録が残るが、慣れぬ環境と、自分の任務に関する責任感の重さから精神的にも参ってしまったらしい。

いまで言えば中学三年生の年頃だが、当時の女性は大人びていて、そろそろ嫁入りするような年頃だから、現代の女子大生くらいの精神年齢だったのだろうか。

思春期を迎えた女性のほうが感受性が強いだけに、むしろ、まるっきりの少女よりも環境の激変に耐えにくいものである。

「ついでに言えばな。現在、米国にあって学問を続けている三人のうちの山川捨松ってのは、塾長の同輩の妹御よ」

ふたたび山川の声は明るい調子を取り戻した。

捨松は、会津藩で頼母と同席にあった家老・山川大蔵《やまかわおおくら》（維新後は浩《ひろし》）の妹だった。

帰国した捨松は、戊辰戦争の時に会津鶴が城に大砲を撃ち込んだ大山巌《おおやまいわお》の妻となったことでも知られる。大山は明治政府で陸軍大臣となっている。

流暢な英語を話し、バッスルスタイルの夜会服を着こなせた捨松は、世人に「鹿鳴館の花」と呼ばれることになる。

「そもそも米国では、我が国とは異なって婦女子は……」

山川の話は留まることがなさそうだった。

「山川先生。俺っちは、頼母の御前《ごぜん》さまに文を渡さなきゃならねぇが……」

上目遣いで遠慮がちに達吉は牽制した。

「おお。すっかり、立ち話をしてしまったな。お前が吉益さんの話を聞きたがるからだ……。さ、行こう」

吉益のことを話したがったのは、ひとえに相手のほうだったが、達吉は山川のこんな毒のない無邪気なところが嫌ではなかった。

山川は達吉から弓を受けとると、踵を返して学舎のほうへ向かって大股に歩みを進めてゆく。

達吉もあわてて山川に従い、石段へ向かって歩き始めた。

頭上を一羽の白鷺が鳴いて西の方へ飛び去った。

2

古びた石垣上の台地いっぱいに建つ旧江奈陣屋は決して豪華な建物ではなかった。

正面には陣屋における軍事の責任者であった大目付の屋敷、その東隣に民政を司った代官の屋敷があり、奥には下役の屋敷があった。

灰色の瓦を載せた寄棟屋根ではあったものの、塗り壁ではなく羽目板の板壁で、いずれも質実な造りだった（このうち代官屋敷の建物は、昭和四十五年まで残っていた）。

「ところで、達吉、お前、舟で来たんだろう」

石段を登る途中で、山川は立ち止まって振り返ると、ふと思いついたように訊いた。

「へぇ。雑魚舟ですけど、四名さまくらいは大丈夫でやす。波はいい按配で、思ったより早く着いたが……」

五段ばかり後から、山川を見上げて達吉は答えを返した。

「帰りは向かい風だで、漕ぐしかねぇ。けど、あと半刻くらいのうちに出りゃあ、日暮れ前には帰れるだら」

達吉は入間の入江に入るまでの間に陽が落ちるのが心配で、暗に時間の余裕のないことを告げた。

「うん。拙者だけなら、すぐにも出られるが、とにかく塾長に報せなけりゃならんからな」

山川は達吉の意を解したようで、ふたたび背を向けるとせわしなく石段を登り始めた。

講堂に使っている大目付屋敷のほうからは、生徒たちの素読の声が聞こえてくる。

なかには、まだあどけない声も混ざって「子曰く、これを知るを知るとなし……」などとやっている。

山川は学者の講堂ではなく、洋学所と教授たちの居室になっている手前の代官屋敷の玄関に入って行った。

あわてて達吉も広い背中を追って敷居をまたいだ。

好天の屋外は春の陽ざしに温かかったが、山を背負った屋敷のなかは薄暗く冷え冷えとしていた。

山川について式台を上がり、陽の入らない廊下を奥へと進んだ。

「おい、達吉。お前、そこの座敷で待っておれ。塾長をお呼びしてくる」

山川はちょっと振り返ると、左側の座敷を指さした。頼母が来塾した時に居間に使っている、がらんとした十畳間である。達吉は、譲山和尚の供をしてきた時などに、この部屋に通されたことが何度かあった。

畳敷きの部屋などに座り慣れない達吉は、下座に小さくなっていた。

すぐに、正面のあまり上手くない梅竹を描いた襖が開き、小柄だが強烈な存在感のある頼母が姿を現わした。

「達吉、よく参ったな。久方、そのほうの顔を見ておらなんだぞ」

頼母は無愛想ともいえる素っ気ない顔で、貫禄のある低い声を出した。この初老の元会津藩家老は、怖い顔をしたまま達吉にやさしい言葉をかけるのが常である。

「へぇ。御前《ごぜん》さまもお変わりなく」

達吉は深々と頭を下げた。

頼母はかすかにうなずき、雪の山峡を描いた水墨の画幅の下がった床の間を背にした上座に静かに座った。

地味な岩井茶に染めた無紋の茶羽織を身に着けている。四十五歳になる頼母はいつもながら質実な形装で、腰に収まる蠟色艶消拵えの脇差だけが豪奢なものだった。

西郷頼母近悳《ちかのり》は、会津藩祖の保科正之《ほしなまさゆき》（二代将軍秀忠の三男）が、養子に入った信州高遠の保科家と同族といわれる。会津藩中でも屈指の家柄に生まれた男だった。

文久二年（一八六二）、九代藩主・松平容保《まつだいらかたもり》の京都守護職任命という内報を、頼母は留守家老として会津で受けとった。藩と領民を思う頼母は馬を飛ばして江戸に上って容保に謁し時局の形勢を論じ、是が非でもこれを辞退すべきことを直諫した。

容保の守護職就任後も、頼母はふたたび京まで駆けつけて辞任を迫った。このときの「薪を背負って火の中に飛び込むが如し」という頼母の言葉は知られている。

しかし、容保の怒りを買って家老職を解かれ、頼母は幕末の会津藩にとっても最も困難な四年間近くを閑居して過ごさざるを得なかった。

会津藩がすでに危急存亡の危機に立たされた慶応四年（一八六八）、復職した頼母は直ちに藩の軍制改革を行った。

戊辰戦争では白河口総督として奮戦するが、戦いに利あらず、板垣退助《いたがきたいすけ》率いる新政府軍の猛攻を受けて白河城は落城の憂き目に遭うこととなった。

若松に戻った頼母は、容保に恭順を説くために最後の登城をした。

官軍の侵攻により混乱する城下の留守宅では、母や妻子など一族二十一人が自刃する悲劇が起こっていた。

このおり、十六歳の長女細布子《たいこ》が、急所を逸らして死にきれず苦しんでいたところへ官軍が踏み込んできた。苦しい息の下から「敵かお味方か」と尋ねられた土佐藩士中島信行《なかじまのぶゆき》が哀れに思い「味方だ」と答えてやると、細布子は安堵して介錯を頼んだという。

――手をとりてともに行きなば迷はじよ　いざたどらまじ死での山みち

上の句を十三歳に過ぎない次女の瀑布子《たきこ》が、下の句を長女の細布子が詠ったという辞世にも、涙を誘われる。

箱館戦争でも生き残った頼母には、もはや死に場所は残されていなかった。

館林に幽閉された頼母は、会津戦争の責任者として処断されることを覚悟していた。だが、同役の萱野長修《かやのながはる》が責任を一身に受けて切腹してしまった。

武士にとって切腹は大儀にもとづくものでなければならない。

この上の頼母の自刃は、新政府に対する反抗ともとられかねなかった。維新後の頼母は、死より辛い生を選ばなければならなかった。

赦免後は斗南《となみ》（青森県下北半島）に移され、東京、静岡と転々とした頼母は、ようやく明治四年（一八七一）十月に、ここ松崎江奈に落ち着くことになった。

なお、歴史上では西郷姓で知られているが、頼母は明治二年から本姓の保科を名乗っていた。

「山川から聞いたが、入間で大事が出来《しゅったい》したとのことだな」

頼母は達吉の眼を正面から見つめて訊いた。

「異国の船が沈んで、異人の仏さまが十人も流れ着いたんでやす。それで、四人が生きていて……あの、言葉がわからないんで、村中で困ってるんだが……」

可愛がられているとは言っても、いつも頼母の前に出ると、緊張して達吉は言葉が滑らかに出てこなかった。

頼母の持つ威厳ある雰囲気に気圧されるのだ。しかし、それ以上に、自分を好いてくれる尊敬する人物に嫌われたくないという気持ちが、身体を堅くさせてしまうのである。

「それで謹申学舎の助力が必要だと申すのか。譲山師からの書状を持参したそうだな」

頼母はかるく右手を前に出して手紙を受けとるような素振りを見せた。

「へぇ。和尚さまと外岡の旦那さぁが、御前さまと、山川先生にお出で頂きたいってことで、あ、これが、文《ふみ》でやす」

達吉は、膝行して和尚からの文を手渡して元の場所に戻ると、ほっと息をついた。ひとつの大任を果たしたという思いであった。

「どれ、披見しよう……」

半白のあご髭を扱きながら譲山和尚からの文を読む姿は、激動の半生を送ってきた男とは思えぬ村夫子然とした姿にも見えなくはなかった。

だが、剃刀のように炯々とした眼つきが、頼母をただ者ではない風貌に見せていた。

「失礼つかまつる」

山川の大きな声が聞こえて襖が開いた。

「達吉。さっき話したお人をお連れしてきたぞ」

悪童が悪戯をするときのような笑顔を、山川は浮かべている。

「腹が減ったろう。こんなものしかないが」

山川はふかし芋を手渡した。

「ありがとうごぜぇやす」

山川の後には、うら若き小柄な女性が静かに立っていた。

(世の中には、こんなにきれいな人がいるんだら……)

達吉は、目を見張って息を呑んだ。

ふかし芋を手にしたまま、達吉は頼母の隣に座った女性の顔を、ただ見つめていた。

山川の言葉には少しも誇張はなかった。

お雛さまのような、つるんとした卵形の顔は、人間では童女でも持たぬ肌理《きめ》の細やかな白さを持っていた。

形のよい鼻、小さな唇。顔のなかの造形はすべて品よくまとまり、大名家か京の公家か、彼女の体内に遠祖から受け継いだ高貴な血が流れていることを感じさせた。

亮子の顔で最も特徴的なのは、高い知性を感じさせる澄み切った瞳だった。

ただ、薄暗い部屋のなかで、顔色が透き通るように白く輝くのが、いかにも蒲柳の性質《たち》に見えて、不安を感じさせた。

（三保の松原に下りてきた天女ってのは、きっとこんな人だったんつら……）

亮子はおとなしい萌黄色にまだら蚊絣の浮き出た平織の着物を身につけてはいる。だが、見たこともない巻き髪に結っていた。

達吉には唐人の髪型のように感じられて、かつて松崎の浄感寺という寺で見た入江長八《いりえちょうはち》が描いた鏝絵《こてえ》の飛天を思い起こした。

「いや、それがまったく奇遇な話でね。拙者が右脚のくるぶしを捻らなければ、ここな美女とは出会えなかったのだぞ」

席に着くと、頬をふくらまして明るい調子で山川は笑った。

「わたくし、眼の療治のために、この一月ばかり、大沢の出湯に湯治に来ておりますの」

薄暗い部屋のなかに、少し低い調子の涼やかな声が響いた。

「あ、あすこの湯は万病に効きやす。このあたりでいちばんだって医者さまも言ってるが……」

亮子から直接に言葉をかけられた達吉は、どきまぎして答えた。

大沢の出湯は、江奈から那賀川を一里ほど遡った池代川沿いに涌いていた。

明治二十四年に刊行された『増訂豆州志稿《ぞうていずしゅうしこう》』によれば、大沢温泉は明和年間（十八世紀後半）の開湯とあり、刀傷、破傷風、眼疾に効能があるとされている。当時は、川沿いに二つの浴槽があった。

「吉益さんの家の女中がたまたま桜田村の出身でな。ふた月ばかり前に案内して、東京からこっちに来たっていうわけなんだ」

山川が言う桜田村は、江奈村と大沢村の中間点にあった。

「で、五日ほど前のことさ。拙者が右脚の療治に大沢の湯に入りに行ったところが、川沿いの桜並木に涼む美女ありき……。このお女中が、奇遇なことに、かねて見知っていた吉益さんであったというわけだ」

山川は、まるで講釈師のように話し続けた。

「山川さまは、私が横浜から船に乗る時に、お友達の上田悌子さまをお見送りにお出でだったのです。でも、江奈にお住まいと伺って、それは驚きましたわ」

亮子の瞳にいきいきとした光が輝くのを、達吉は心地よく眺めながらうなずいた。米国時代のことを思いだしたのだろうか。

「いやいや、米国にいるはずの吉益さんが目と鼻の先の大沢村に来ていたとは、拙者のほうこそ驚いた。塾長にもお引き合わせしたく、また、江奈の旨い魚を食わせたくて、お誘いしたところ快諾を頂き、昨日からここにお見えなんだよ」

山川の口調は歯切れがよかったが、亮子は急に暗い顔つきになった。

「わたくしは、病のためとは言え、志半ばどころか、ことの始まりで帰国するという不束となってしまいました……」

すぐにもとのやわらかな表情に戻り、亮子は言葉を継いだ。

「けれども、そもそもわたくし、あちらの学制を学ぶつもりでございました。それで、頼母さまから、この学舎のお話も伺いたかったものですから……」

亮子は、はにかんで笑うと眼を伏せた。長い睫毛が目立って見えた。達吉には自分よりわずかに一つ歳上の亮子が、ひどく大人びた女性に感じられた。

譲山和尚からの書状に眼を走らせていた頼母は、顔をあげるとゆっくり息を吐いた。

「達吉。事情はわかった。異人の遭難は、まさしく入間の一大事に相違あるまい。ほかならぬ譲山師の頼みとあれば、断るわけにもゆかん。わしらでどこまで力になれるかはわからんが、早速《さそく》に参るとしよう。なに、学舎のほうは二日や三日くらい休んでも、どうということはない」

頼母は読み終えた文を丁寧に畳んで懐にしまった。

「吉益さんにも、足労をかけたいと思うが、よろしかろうか……」

亮子のほうに顔を向けて、体調を気遣う頼母の声が響いた。

「大沢の湯のおかげで、かすみ眼も大分よくなって参りました。わたくしで、どれほどのお役に立つかは、わかりませぬが……」

亮子は白すぎる顔に、静かな微笑を浮かべた。澄んだ瞳には落ち着いた、あたたかな光が宿っていた。

どうやら、天女を連れて入間に帰れることになりそうな按配である。達吉の胸は高鳴った。

「いやいや、そなたは仮にも米国へ渡られた女性だ。本邦広しといえども、実地に異国の土を踏み、かつまた、異人と対話した者は数えるほどであろう。座学に過ぎない身どもの漢語や山川の英語とは、もとより異なる」

頼母は軽い咳払いをして、山川の顔を見遣った。

「塾長。たしかに、かかる大任は、拙者だけではつとまりかねますよ。これは何とあっても吉益さんにご出馬を願わねば……」

山川の調子が妙に昂揚しているのも、亮子と同席しているからに違いあるまい。

「山川。最初から人まかせにする奴があるか。あるいは、英語は通ぜぬ、蘭語ならば通ずるという異人もいるかもしれぬではないか」

頼母は苦笑しながら、欅の質素な茶托から茶碗を取り上げた。

「ま、そりゃそうですな。相手は異人というだけで、果たしてどこの国から来た者やらわからんそうですから」

山川はつられるように茶碗を手にして口もとに持っていくと、中身を一気に干した。

「しかしながら、わたくし、英米の言葉以外はわかりませぬ」

頼りなげな口調で亮子は頼母の顔を見た。

「いや、かつて箱館の開港場でも確信したことだが、世界の趨勢は英米にある。本学舎で英語を講ずるも、それがために他ならない。そなたが米国へ赴かれたのも、同じ所以に違いあるまい。本邦を訪なう異人ともあれば、畢竟、英語が通ずる者が、四人の内に一人はいるであろう」

頼母の力強い言葉に、山川も大きくうなずいた。

「それでは、塾生を帰して、すぐに支度をしよう。達吉、四半刻の後には舟を出せるな」

頼母は言葉を終えるのと同時に、袴の音を立てて立ちあがった。武士はいざとなると行動が早い。

「おまかせくだせぇ」

達吉は声も朗らかに張り切って答えた。天女を乗せて入間までの海を渡ることは、やり甲斐のある仕事にほかならない。

頼母の素早い行動に応えるべく、達吉は威勢よく立ちあがった。

元は二十三万石の親藩の家老や旗本の殿さまが、自分のような一漁民と親しく口を利き、かつまた、供も連れずに自分の漕ぐ雑魚舟に乗るのだから、時代は変わったものである。

謹申学舎の人々と会う都度に、現在の境遇に気の毒な思いを抱くとともに、何かあたたかな心地よさを味わうのであった。

3

夕映えに輝く前浜に雑魚舟は着いた。

遠くから達吉たちの舟が入江に入ってくるのを認めたのだろう。すでに出迎えの人々が浜先に集まっていた。

外岡文平を中心に加美家の下男たちや、清作、三治、要蔵、留吉、藤助ら梵天丸の乗り子たち、乗り子総代の源治たち年かさの漁師や女たちの姿も見える。

清作ら若い漁師たちが飛び出してきた。二丁の滑車が通された麻縄を両舷にかけ、力強く引いた。

大地に並んだ三枚の修羅の上を滑って、砂を巻き上げながら雑魚舟は浜に引き揚げられた。

達吉は舳先近くの右舷側からすとんと砂地に飛び降りた。要蔵と藤助が、さっとそばに寄ってくる。

「トの字は、どうしつら?」

帰りの海路で、ずっと気に掛かっていたことを、達吉は要蔵に素早く小声で訊いた。

「心配すんな。大事ない……」

要蔵のささやきを耳にした達吉は安堵に胸を撫で下ろした。

賓客の下船のために、清作が恭しく踏み台を右舷の中ほどの砂地に置いた。

「へいっ。お待ち遠さま」

清作が声をかけると、三人の訪客は次々に地面に下りた。

「いやぁ、異人の女がやってきつら」

清作の眼が、見慣れぬ洋装の亮子に釘付けになった。

入間に洋装の女性が現れるのは、もちろん初めてのことであった。

亮子が身に着けていたのは、さわやかな薄桃色のモスリン地を用いたおとなしい形のワンピースであった。米国で「リトル・ウィメン・ドレス」と呼ばれる種類のドレスだった。

装飾を省いた胴衣は身体の線にきっちり合って、細くくびれたウェストまでは、白い貝殻のボタンが七つ並んで夕陽に光っていた。

首元には小さな白い折り返し衿を持ち、いっぱいにギャザーの入ったロングスカートの裾が西風に揺れていた。

ひっつめて後に束ねられた髪には、鍔のせまい麦わら帽子が載っていた。小さな黄色い薔薇の造花をあしらったキャノチェだった。

亮子の身じまいは、明治元年（一八六八年）にルイザ・メイ・オルコットが発表した『若草物語』の少女たちが着ていた服を真似たスタイルだった。明治初頭の合衆国では人気のあるふだん着だった。

文平がゆったりと訪客に歩み寄っていった。

頼母の傍らに立つ亮子の姿には、文平も驚きの表情を隠せなかった。が、まずは辞儀が先である。

「これは、御前自ら遠路お越し頂くとは、恐悦至極に存じまする」

文平は腰に両手をついて深々と頭を下げた。

「いやいや。会釈は無用に願います。此度の事件はまさに国家の大事。外岡さんにも思わぬ難事の出来で、多事お骨折りのことと察します」

頼母は鷹揚に文平の労をねぎらうと、通訳係の二人を紹介した。

「こちらは、前の開拓使留学生の吉益亮子さん。これに控えますのが、学舎で英語を講ずる山川忠興と申す無骨者です」

頼母の紹介に、二人は文平に向かって丁寧に頭を下げた。

「戸長の外岡です。異国の言葉に堪能な方々をお迎えできて、まことに安堵致しております。なにしろ、生き残った四人の話す言葉は、鳥が鳴く声のようにしか聞こえず、参っておったところです」

文平が窮状を素直に訴えると、山川は弱ったような顔で頭を掻いた。

「いや。拙者の英語や蘭語は、話すとなるとかなり怪しいものです。が、吉益さんは、一年近くを米国本土で過ごされたお人ですから」

「それは頼もしい。大船に乗ったつもりでおります」

文平は笑みを湛えて、亮子の顔をまぶしそうに見た。

「吉益さんは、異人の接受という役目柄ゆえ、このように洋装をして来られたんですよ」

山川は得意げに言って、亮子へと視線を移した。

「本日は、このようなお役目ですので、やむを得ず……」

白い頬に朱を散らして、亮子はかるくうつむいた。

亮子の洋装を見た村人の驚愕ぶりは、達吉の予想を超えていた。

「異人だ。異人の女だ」

「けんど、俺っちの言葉を喋ってるが……」

「それにしても、えれえ別嬪だら」

男たちは、口々にささやきあっている。三治たち若い漁師も一様に目を見張っていた。下男の供蔵や弥五八などは口をぽかんとあけて、惚けたように亮子の立ち姿に見入っていた。

「ありゃ、きっと菩薩さまだら」

「菩薩さまに違いねぇだ」

最新作

ノーベル文学賞 受賞第一作

クララとお日さま

土屋政雄＝訳

四六判上製［絶賛発売中］

本体２５００円 (eb3月)

世界同時発売

AIロボットと少女との友情を描く感動作。

2019 © Hiroshi Hayakawa

ハヤカワ文庫の最新刊

3
2021

●表示の価格は税別本体価格です。
＊価格は変更になる場合があります。
＊発売日は地域によって変わる場合があります。

新鋭のファンタジー群像戦記、全3巻開幕！

JA1477

隷王戦記 1
フルースィーヤの血盟

森山光太郎

eb3月

覇王に故郷を奪われ奴隷となった剣士カイエンは、友との再会と仇への復讐を胸に、神々の伝承を巡る群雄割拠の戦に身を投じていく

本体880円［17日発売］

SF2318

宇宙英雄ローダン・シリーズ636

叛逆の騎士たち

クルト・マール／嶋田洋一訳

タウレクとヴィシュナが待ちうけていた《バジス》に帰還したローダンは、この宇宙の究極の謎の答えを知ることを拒否したと告げる

本体740円［3日発売］

世界600万部、シリーズ国内累計15万部のベストセラー、待望の新版！

フィッシュ！〈アップデート版〉

——鮮度100％ぴちぴちオフィスのつくり方

スティーヴン・C・ランディン、ハリー・ポール＆ジョン・クリステンセン／相原真理子・石垣賀子訳

eb3月

グーグル、マクドナルドも導入したベストセラー『フィッシュ！』が20年を経て帰ってきた！　働くヒト一人ひとりのモチベーションを引き出し、仕事と人生をよりよい方向へ導く哲学の詰まった本篇に加え、導入のガイドと実践談を追補した完全版！

四六判変型上製　本体1800円［17日発売］

円熟の作家が精神世界をめぐる旅を描く

シルクロード

キャスリーン・デイヴィス／久保美代子訳

eb3月

ラビリンスの奥深く、香の匂いが立ち込める部屋で、ジー・ムーンが導くヨガクラスが行われている。参加者は、文学者、記録家、植物学者、守護者、位相幾何学者、地理学者、氷屋、コック。彼らは屍のポーズをとりながら、それぞれの過去をめぐる旅に出る……。

四六判上製　本体2800円［17日発売］

野村胡堂賞＆角川春樹小説賞受賞作家が描く命懸けの友情小説

明治七年、伊豆入間村。村の漁師・達吉は嵐

年寄りたちは手を合わせて拝み始める始末である。

「たしかに、これは仏菩薩かと見まごうような女性じゃの。さよう、准胝観世音《じゅんていかんぜおん》のお姿にも似ようか」

一同は、しわがれ声のほうへ目を遣った。

砂丘の上から杖を引いて現れた譲山和尚であった。

六観音の一なる准胝観音は、七倶胝仏母《しちくていぶつも》とも呼ばれる女性尊で、清浄と母性を象徴するという。

「頼母どの。拙僧の勝ち越し以来じゃな。江奈では、へぼ碁の相手も見つからず、さぞや無聊な日々を送っておられるものと案じておったわ。まずは、お元気そうで何よりじゃ」

和尚は頼母のそばに寄ると、つけつけと遠慮会釈のない冗談を口にした。

「和尚も息災のようだな。貴僧こそ、笊《ざる》碁の腕を上げられたか」

珍しく笑顔を浮かべて、頼母も隔意ないあいさつを返した。

「いやいや、碁というものは、つまらぬ人間と打っても屈託なものじゃ。たとえ、お互い腕は拙くとも、この界隈では、お前さまくらいしか相手が見つからぬわ」

和尚は欠けた歯の多い歯茎をむき出して笑った。

「申したな。この大事では一局を囲むわけにも参らぬが、機をあらためてその鼻柱をへし折ってくれようぞ」

和尚の無遠慮のような世辞に、頼母も上機嫌に笑った。

囲碁は陣地とりの勝負である上に、一局の時間が半刻以上もかかる。これがため、勝負のうちに自ずと打ち手の人品が曝け出されるという。

この二人は碁盤を囲むことを通じて、お互いの人柄を認め合っているのだろう。

「それでは、皆さまご案内申します」

下男頭の治三郎が慇懃な物腰で身を二つに折った。

文平と頼母を先頭に、一行は砂丘の道を加美家へと歩み始めた。少しでも長く菩薩尊の姿を拝んでいたい村人たちは、老いも若きもぞろぞろと後に従った。

一刻も早く念仏堂のようすを知りたい達吉は、抜き足でその場から去ろうとした。

「何をしておるんじゃ、達吉。お前も参れ」

列の尾近くにいた譲山が振り返って叫んだ。

「へぇ。ただいまっ」

達吉は言葉だけは元気よく答えた。

目顔で要蔵たちに後事を託して、和尚の背中を追った。

生存者との接受に使われることになったのは、南向きの客座敷であった。松林を彫った欄間も美々しい十二畳間である。

峻険なる山峡を描いた南画の軸と、貫入の入った青磁の壺が置かれた床の間が、落ち着いた佇まいを見せていた。

床を背に、頼母と亮子、山川が座り、譲山和尚が座った。

訪客に遠慮して下座には文平が座り、脇には記録役として下男頭の治三郎が文机を前にして座った。末座には達吉の席も用意されていた。

下男たちに介添えされて、別の座敷から四人の生存者が連れてこられた。

前浜に泳ぎ着いた毛髪が金色の男がいた。

昨日の今頃は土間で泣き叫んでいたが、その時とは打って変わって、とても穏やかな表情の男であった。

男は意識もうろうとしていたときに、前浜で会った達吉のことを覚えているようすはなかった。

吉田浜にボートで流れ着いた残りの三人は、昨日は眠っていたので達吉も初めて見る。

年かさのほうから順番に、一人は黒いあご髭をもじゃもじゃに生やした熊のような大男。一人は妊産婦のように腹の突き出た禿頭の男で、この男の右脚のくるぶしから下の義足が目を引いた。最後の一人は引き締まった筋肉の長身の若い男だった。

ただ、三人とも共通して感じられるのは、表情に締まりがない上に、目つきがよくなかった。どこか、品のない人間たちのように思えた。

昨日の朝は、風神か海坊主かと思っていた前浜の男のほうが、ずっと人品が優れた容貌をしていた。男の腕や脚の傷はかさぶたを作っていて痛々しかった。

トムを知ったことで、知らないうちに達吉は異人をひとりの人間として観察する術を会得したように思えた。

四人の異人はそろって縞木綿を着流して綿入れを不格好に羽織っていた。

下男が四人を座の中央に座らせた。

異人たちはそれぞれ足を投げ出して、畳の上に思い思いに座った。

トムのことも考えあわせると、西洋人には端座という習慣がないのだと達吉は確信した。

異人たちは洋装の亮子を見ると、そろって驚きの表情を見せた。義足の男と若い男の二人は何ごとかをささやいている。

亮子はちょっと呼吸を整えると、背筋を伸ばした。

「Good evening gentlemen. I'm Ryoko Yoshimasu.」（こんばんは、皆さん。わたしは吉益亮子と言います）

亮子の滑らかな声が座敷に響いた。

英語を話すと亮子の声が変わって調子が低くなることが、達吉には興味深く感じられた。

「Oh! You can speak English!」（おお！　貴女は英語が話せるんだね）

叫び声を上げたのは前浜に漂着した男だった。

男の顔には喜びの色が現れていた。

「やはり、英語が通じる者がおったようだな」

頼母がぽつりと言って扇子を帯から抜いて右手に持った。

「Where did you come from?」（あなた方はどちらからお見えになったのですか？）

男の顔を覗き込むようにして亮子は尋ねた。

「We came from France. We are all French. I can speak English, as for me.」（わたしたちはフランスから来た。全員がフランス人だ。わたしだけが英語を話せる）

前浜の男は、難船以来で初めて言葉が通ずる人間が登場したことに昂奮しているのか、頬を染めて一気に喋った。

「この人たちは全員、仏蘭西人ですわ」

「おお。仏蘭西人であったか」

扇子で自分の膝を叩いて、いち早く反応したのは頼母だった。

頼母は、五稜郭戦争のおりに、ジュール・ブリュネ砲兵大尉が率いる十人のフランス軍人とともに戦った経験を持っていた。

ブリュネ大尉は、徳川幕府が招聘した軍事顧問団の副隊長として来日した軍人である。榎本らの投降時に、箱館湾に停泊しているフランス船に乗って国外へ逃れた。

「仏蘭西語のわかる生島がおればよかったですな」

山川がつぶやいた。謹申学舎でフランス語を講じていた生島閑は、陸軍兵学寮の教師の職に就くために東京へ去っていた。

「吉益さんの英語がきちんと通じているのだから、それでよいではないか」

「まぁ、読み書きはともあれ、生島の話し言葉も拙者の英語と同じく怪しいものですがね」

山川はとぼけた笑いを浮かべた。

「ところで、吉益さん。仏蘭西人の言葉は、できるだけ逐語に訳すようにお願いしたい」

頼母は威厳のある調子で頼んだ。

「わかりました。必ず、聞いたことはすべて和語に直訳致します。いま、この男性は、こう言いました。『私たちはフランスから来た。私たちは、皆がフランス人だ。私一人が英語を話すことができる』と」

亮子は記録を始めた治三郎に配慮して、一語一語をゆっくりと訳語を口にした。

日仏の会話のテンポは隔靴掻痒の、非常にゆっくりしたものとならざるを得ない。

もっとも、フランス人に対する尋問を県令に報告する記録として残すためには、この方法しかないだろう。
冶三郎は文机の上でせっせと筆を走らせている。
《失礼しました。あなた方のお名前とお仕事を伺いたいのですが？》
亮子はふたたび、前浜の男に向き直って訊いた。
《私はジャン・ピエール・フーシェ。横浜で貿易商をしている。髭の男はニール号の熟練水夫で名はバチスト。義足の男はコックのジョルジュ、一番若い男は水夫のアランだ》
フーシェという名の貿易商は、頭の回転がよい男と見える。明確な発声で、要領よく喋っているように感じられた。
「では、沈んだのは仏蘭西の船か」
山川が独り言のようにつぶやいた。
《では、『ニール号』が沈んだ船の名なのですね。フランスの船ですか？》
《そうだ。ニール号はフランスの船で、マルセイユが母港だ。三月十三日に香港を出航した。途中で上海に寄港し、三月二十日夜の嵐に巻き込まれたのだ》
フーシェは、つらそうに目を伏せた。
ニール号は、マルセイユの郵船会社メサジョリー・マリチーム社に所属する約一七〇〇トン、長さ九十メートル、幅八メートルの三本マストの鋼製機帆船であった。
一八六三年に建造されたニール号は、遭難の前年から香港――横浜間に就航しており、今回の遭難は九回目の航海にあたっていた。
メサジョリー・マリチーム社の定期航路は、マルセイユ――香港――上海間の本線と香港――

横浜間の支線の二航路で、それぞれ月に一度の就航であった。

《乗り組んでいたのは何人ですか？》

この質問には、船客に過ぎないフーシェは即答できなかった。隣に座る熟練水夫のバチストと何やらフランス語で話をしている。

話しているうちに熊男は興奮してきたようで、最後には唾を飛ばしながら喋っていた。

やがて亮子のほうを向き直ったフーシェは、《バチスト熟練水夫の言葉だが》と前置きして、次のように語った。

《ニール号には、サマト船長ほか、乗員三十八名、乗客五十名、あわせて八十九名が乗っていた。三月二十日の昼には暴風のなかで御前崎を無事に通過した。夜間に入って、俺がちょうど当直に就いていた時のことだ。石廊崎灯台の灯りを見つけた時点で機関の調子に不調を来たしてしまった。船長の判断で、そこからは帆走に切り替える作業を必死で行った。だが、強風に妨げられて帆がじゅうぶんに張れないうちに、船体は陸地方向に流されてしまった。闇のなかでニール号は岩礁に激突し、左舷の一番船倉あたりから浸水した。それでも船は少し進んだが、船体が傾き始めると沈没はあっという間だった。偶然にも、俺たち三人は右舷後方の救命舟艇の近くにいたんで、命からがら逃げ出すことができたのさ。これも日頃の信仰の為せるわざだね。俺たちはまっ《セ・ドゥ・ラ・》たく幸運《シャンス》だったよ》

亮子の逐語訳を聞いていて、達吉は無性に腹が立ってきた。

（自分の船に乗っている女子どもを救いもしないで、先に小舟を漕いで逃げるなんて、船に乗る男の風上にも置けん奴らだじゃ……）

あるいは三人とも、機関に不調が起きた時から逃げるつもりでいたのではないだろうか。
フーシェは自分の言葉に戻って話を続けた。
《そうだ。船はあの怖ろしい風に流されて座礁し、あっという間に沈んだ。一等客室に眠っていた私たち家族四人は、船員の大声で起こされて、それでも何とか全員が浮輪を身につけて海に飛び込んだ。ところが、暗い波間ですぐに私たちはバラバラになってしまった。私は必死の思いで妻たちを探したが、激浪は愛する者たちを奪い去ってしまった……》
フーシェの表情に翳りが見えたが、もはや昨日のように取り乱すことはなかった。ひと晩の時間が、この男に気持ちの整理をつけさせたのだろう。
《私たちのほかに生き残った者はいないのか？》
フーシェから亮子に対する質問だった。
《残念ながら、今のところ生存者はあなた方だけです》
亮子の答にフーシェは肩を落とした。
《やはり、そうなのか……。すでに覚悟はしている。私は愛する妻のカロリーヌと、ステファニー、オレリーという二人の娘を一度に亡くした。今回の旅行は、家族を本国から呼び寄せて、ともに横浜に住もうという考えから出たものだ。しかし、すべてが仇となってしまった。私は、いま絶望の淵にある……》
フーシェの碧い瞳から一筋の透明な涙が頬を伝わって落ちた。
《お悲しみは、よくわかります》
亮子も貰い涙に、目元を薄桃の手巾で拭っている。

《仕方のないことだ。これも神の思し召しだろう》
フーシェは観念しきった表情で吐息をついた。
譲山和尚が低いうなり声を上げた。
《日本人は乗っていましたか？》
あふれた涙が収まると、亮子はふたたび重要な質問に移った。
《少なくとも一人は乗っていたと思う。名前はヨシダと言ったか……。航海の間に二度ほどあいさつを交わした程度で、つきあいがあったわけではない》
フーシェの言うヨシダは、京都府から西陣織の伝習生として明治五年に派遣された吉田忠七《よしだちゅうしち》である。
吉田は西陣織の近代化を目指してヨーロッパの繊維技術を学び、ジャガード織りの研究を続けていた。持ち帰ろうとしたジャガード織りとともに吉田は伊豆の海に消えた。記録では、ニール号の日本人乗客は吉田一人である。許嫁を京都に残した、三十三歳の死であった。
《ニール号は客船なのですか？》
この質問にも、バチストのフランス語をフーシェが英訳し直す二度手間が必要だった。
《貨客船と言えばいいんだろうな。構造は客船だが、たくさんの荷物を積んでいた。なかには、日本の宝物もあって、ロンドンの保険会社が警備の人間を派遣していたように思う。いや、あれは違う荷物の警備だったのか……。よくはわからない》
下級船員のバチストが詳しいことは知るはずもないが、ニール号にはとんでもない財宝が満載されていたのである。

明治六年（一八七三）五月にオーストリア皇帝ヨーゼフ一世の治世二十五年を記念して、ウィーンで開催された世界で四回目の万国博覧会に、日本は初めて参加した。

明治政府は、全国各地から選りすぐった美術工芸品を多数揃えて出品した。

信州から出品した一尺の水晶玉や、高松藩主愛蔵の金の茶釜、陶磁器、漆器などすべてが国宝級の価値を持つものであった。

なお、名古屋城の金の鯱も出品されたが、あまりに大きかったために、香港でほかの船から積み替えを行った際にニール号に載せることができなかった。鯱は別便で送られ、難を免れている。

派遣団の総裁には参議の大隈重信《おおくましげのぶ》が就任し、八十六名の団員は鳴り物入りで万博に参加した。

これは、政府がウィーン万博を西欧列強に対して日本の工芸技術の優秀さ、なかんずくは日本という国をアピールする好機と捉えていたからにほかならない。

ひと通り尋問が進むと、フーシェはかたちをあらためて一同を見回しながら、朗々とした声で感謝の言葉を述べた。

《私を救難し、暖かい環境と十分な食糧を与えてくれたあなた方の厚意に感謝する。私たち四人の今後については、フランス公使館に連絡してほしい。私はとりあえずは、横浜の店に戻るが、あの三人については、フランス本国に帰る必要があるからだ。あなた方の人道的な態度については、公使を通じて本国に伝えたいと考えている。ありがとう》

フーシェのあいさつは立派なものだった。このあいさつの訳語を聞いた文平は、四人に向かって返礼を口にした。

「この度のご不幸に言葉もありませんが、近いうちに必ず、公使館に連絡のつくように致します。

ご不自由でしょうが、しばらく、この入間でお過ごし下さい」

亮子が逐語に訳す英語が部屋に静かに響いた。

すでに陽は傾き、庭の泉水は闇に消え始めていた。開かれた窓から夜気に溶けた沈丁花のほの甘い香りが室内に忍び込んできた。

4

フーシェら四人のフランス人に対する尋問が終わった後は、別間で訪客らに食事が振る舞われた。文平から達吉も残って相伴するように命ぜられた。

トムのことが気が気ではなかったが、藤助たちに任せておくほかはなかった。

県令に報告すべきことを亮子の力で生存者たちから聞き出せたこともあって、夕餉の席はなごやかなものとなった。

膳部には伊勢海老や金目鯛を初めとする鮮魚が山盛りに載っていた。今日は波も収まって手繰網の船を出すことができたと見える。

会食の席上、冶三郎が耳打ちしに来て、ひととき文平は中座していた。

戻ってくると、あらたまった表情で一同に告げた。

「御前、吉益さん、山川先生。ありがとうございます。県令閣下は、明日の午後にも入間にお見えとのことです。謹申学舎の皆さまのお力で、わたしは戸長としてのつとめを無事に果たすことができました」

文平は膝に手をついて頭を下げた。

「ほう。県令閣下自らが駕を枉《ま》げてお見えか」

頼母は口もとに持っていった杯を途中で止めた。

「そればかりではありません。外務卿閣下がこちらへ向かうために東京を出られたとのことです」

この言葉を聞いた訪客たちには、間近に稲妻を見たかのように緊張が走った。

「が、外務卿……」

山川は箸を止めて絶句する。亮子の顔にも驚きの色が上った。

「外務卿というと、薩州出身の寺島陶蔵《てらじまとうぞう》どのだな。やはり新政府は、今回の遭難を国家の大事と捉えておるようだ」

ゆっくりと頼母は杯をあおった。

頼母より二つ歳下の寺島陶蔵（宗則《むねのり》）は、天保三年（一八三二）に薩摩藩の郷士の家に生まれる。十五歳で藩の留学生として江戸へ留学し、伊東玄朴《いとうげんぼく》について、医学、兵術、天文、造船、地理、蘭語を学び、帰藩後は藩主島津斉彬《しまづなりあきら》の侍医となった。

島津斉彬の命令で帰国した期間を除き、安政三年からは幕府の蕃書調所で教官を務め、文久元年には幕府遣欧使節に従って渡欧した。

文久三年には薩摩藩船奉行として薩英戦争に参戦し、鹿児島湾で五代友厚《ごだいともあつ》とともに英艦の捕虜となり、両者の和議に尽力した。

慶応元年には、五代友厚や森有礼ら薩摩藩士留学生十九名を率いてイギリスへ渡航し、翌二年に帰国する。

明治政府も寺島の識見を重く用いた。神奈川県令を皮切りに、明治二年には初代外務大輔となり、特命全権公使としてイギリスに滞在。明治六年には参議兼外務卿に就任し、この時期の外交問題を第一線で指揮していた。

亮子の澄んだ、しかし、憂いを含んだ声が座敷に響いた。

「外岡さま、頼母さま。お願いがございます。明朝、松崎へお帰し下さいませ。寺島閣下には帰国の節にはお世話になっておりますので、ごあいさつするのが筋でしょうが、わたくし、政府の方とお会いするのは気が引けます……」

衆望を集めて米国へ渡ったのにもかかわらず、一年弱で帰国のやむなきに至ったことに亮子は大きな引け目を感じているのだろう。

憂いを含んだ亮子のようすに、頼母はわざとのように気楽な口調で答えた。

「そなたは、寺島どのとは知己であったか。が、別に気にされることはない。此度は吉益さんの力で、生存者の来歴が判明したのではないか。……しかし、これは、身どもこそ姿を消したほうがよさそうだ。新政府の人間と会うのは、何かと気ぶせりでな。山川。明朝早くにも江奈に帰るぞ」

「まぁ、君子危うきに近寄らず、ですかな」

甘鯛の塩焼きを頬張りながら山川が答えた。

「別して危殆ということもなかろうが、それが良策かもしれぬな。頼母どの、勝負はまたの機会にしようかの」

　禅僧のこととて生臭物は口にせず、筍の木の芽和えを突いていた譲山和尚は、ほんの少し残念そうな声を出した。

「どうだな、和尚。これから一番参ろうか？　やはり、明日は早々に退散するわ。薩人と戊辰以来のあいさつをするのも大儀。当方は朝敵ゆえな」

　頼母は、いくらか淋しげに笑った。

「文平どの。寺へ戻るのも煩瑣《はんさ》ゆえ、部屋をお借りしてもよろしいかの」

　和尚は浮き浮きした調子で訊いた。

　笑ってうなずいて、文平は達吉に命じた。

「達吉。明日は梵天を出して、皆さまを江奈までお送りしろ」

「へいっ。後で清作さぁたちに触れて廻るら」

　梵天丸の船出の予定は、今夜のうちには艫艪の清作らに告げなければならない。

「冶三郎。明日は朝から、県令閣下をお出迎えする支度をするように奉公人と村の者に伝えて廻れ。失礼のないように、明日はお前が差配しろ」

　文平は、座敷に残って給仕の監督をしていた冶三郎に手短に指示を与える。

「はい……。あの……旦那さま。県令さまがお見えとあらば、兵隊も多数来るのでしょうか」

　冶三郎は気遣わしげな表情で訊いた。

　県令は村人にとっては大名にも等しい存在であった。大名が来村するとなれば、たくさんの武士や、槍足軽・鉄炮足軽などを多数引き連れてくるのは当然のことである。

「そんなことはない。県令閣下は、異人の尋問と保護のために来村されるのだ。下役の方々は何十人と見えるやも知れぬが、兵隊などは来ぬ」

文平は、さすがに戸長だけに維新前後の行政制度の違いを理解していた。

「さようですか。その……村の者は、皆、異人を助けた者を兵隊がつかまえに来ると脅えております」

冶三郎は、上目遣いに文平の表情を確かめるような目つきをした。

「お前までそんな馬鹿なことを言ってどうする。下らぬ噂などしている暇があったら加美家《うち》の者たちには、今夜から掃除でもさせろ」

文平は苦り切った顔つきで叱りつけるように冶三郎に命じた。

「かしこまりました」

冶三郎が去ると、達吉は山川の袖を引き、気に掛かっていたことを小声で訊いた。

「山川先生。外務卿さまって偉い方なんか？」

「うーん。そうだな。幕制にあてはめて言えば、外国奉行。いや、外務卿は太政官にあって正三位に相当する勅任官だから、外交を分掌する老中に近いかな」

山川はしばし考えた後に、そんな説明をひねくりだした。

（た、大変だじゃ……）

達吉は身体中の血の気が引くのを感じた。達吉の頭のなかにも大名行列が浮かんだ。

厳めしい顔の何十人という武士が、美々しい行列を作って、きらびやかな御座船から下りてくる姿であった。

会食が終わると頼母と譲山和尚は奥の部屋で碁盤を囲み、亮子は寝室に引き揚げた。

山川一人が、泉水べりの縁台に腰を掛けて星見と洒落込んでいた。

「いいなぁ。入間は。この星の美しさはどうだ。落ちかかる月にも負けじと空いっぱいに輝いておるぞ」

酒気を吐きながら、山川はのんきなことを言っている。

「山川先生、聞いてほしいことがあるんだじゃ」

幸い目の届くところには誰もいなかった。

山川の前に達吉はひざまずいて頼んだ。

達吉はせっぱ詰まっていた。

老中にも等しい外務卿が来村するとなれば、念仏堂に隠しているトムをどこかへ移す必要がある。達吉は、外務卿のご家来衆が村内を巡見して廻ることを怖れていた。

とは言え、いまのままではトムを匿わなければいけない事情すら聞き出すことはできない。ここは山川の力に縋る以外にはなかった。

「なんだ。やけにあらたまって。相談ごとか……。ははぁ、さては好きな娘でもできたな」

のんきな口調を崩さず、山川は手を突っ込んで背中を掻いている。

「そんな話じゃねぇが」

ついつい語気が激しくなる。

「怖い顔をするな。何ごとだ?」

山川は怪訝な顔をしたが、とりあえず、問題は重大だと悟ったようである。

「……それが、生きてる異人が……もう一人いるんだじゃ」

達吉は口ごもりながらも、はっきりと告げた。額に汗が流れた。

「な、なんだと」

驚いた時の癖で、山川は後へのけぞって大声を出した。

「しぃーっ。誰かに聞こえるとまずいだら……トムっていう、気のいい男だじゃ。匿ってくれって頼まれて……俺っちは、そいつが気の毒で……」

達吉はあたりに気を遣いながら簡単に事情を説明した。

「ふむ……。お前が隠し事をするってのはよっぽどのことだろうな」

達吉の真剣な表情に、山川は真面目な顔になってあごに手を遣った。

「一生のお願いだで、一緒に来て頂けねぇだか？」

達吉は山川の眼を見つめながら必死で手を合わせた。

「うむ。異人の隠れているところまで案内しろ」

酔いも一遍に醒めたのか、山川は真剣な表情で立ちあがった。

「恩に着るが」

達吉はぺこぺこと山川を拝んだ。

二人は人目につかないように気を遣いながら杉森の念仏堂へ足を運んだ。

堂内はひっそり静まり返っていた。

「トム。いるか？」

達吉は小声で呼びかけて、六角提灯の灯りでお堂のなかを照らした。

「タチキチ……」

トムは奥の寝わらからごそごそと這い出して来た。

戸口に見慣れぬ男が立っていることに気づいたトムは反射的に身を引いた。

「大丈夫だ。山川先生はいい人だら」

安心させようと、達吉は山川を指さして笑顔を浮かべて見せた。

「トースケ&トメチチ came here, about three hours ago.」(藤助と留吉が三時間前に来てくれたよ)

トムはかるくあごを引いて、達吉の目を見ながらゆっくりと告げた。

トムはツギだらけの古いツヅレを羽織っていた。留吉たちから与えられたのだろう。

「おう。藤助と留吉が来ただか」

すらすらと答える達吉に、山川が目をまるくした。

「おい。達吉、お前、言葉がわかるのか……」

「いや、なんとなく、そう言ってるって思ったんだじゃ。ところで、山川先生。トムの言葉は英語だら?」

達吉はトムとの間で簡単な意思がおぼろげに通ずるようになったことが嬉しかった。だが、これからは山川の語学力だけが頼りである。

「うん。幸いにも英語だ。拙者も何とか、あいさつくらいはしてみよう」

山川は大きく息を吸い込んで呼吸を整えた。

「Good evening, Tom. I'm Tadaoki Yamakawa. I'm Samurai.」(こんばんは、山川忠興だ。わたしは

侍だ）

額に汗を流しながら、山川は一語一語を必死に言葉を口にのぼらせた。

「How do you do Mr.Yamakawa. I'm very glad to meet you.」（初めまして山川さん。お会いできて嬉しい）

トムはにこやかな笑みを浮かべて、山川の手を握った。

「Me too. By the way, I must make conversation by means of writing. Because, I can speak English, a little.」（わたしもだ。ところでわたしは英語があまり話せないので、筆談で会話したいのだが）

山川は戸惑いながらも、トムの手を握り返した。

「Ok!! I'm understanding.」（いいとも、わかったよ）

トムは手を離すと、大きくうなずいた。

「ふたりで、なんて言ってたんだら？」

達吉が訊くと、山川は難しい顔で答えた。

「初対面のあいさつをして、その後、拙者は、あまり上手に話せないので、筆談で願いたいと申したら、トム君は了解したと答えたのだ」

「初めて会った時には、手を握りあうのが、異人のあいさつなんだか？」

奇妙な習慣だと達吉は不思議に思った。

「うむ。そう聞いている」

山川は自信なさげに答えると、六角提灯を引き寄せ、矢立と筆を取り出した。

「お前にもわかるように、いちいち、訳語してみるぞ」

「へぇ。ありがとうごぜぇやす」
山川はしばらく呻吟していたが、トムに伝えるべき言葉を口にしながら筆をとった。
《あなたは何処の国から来たのか。何を生業としているのか。年齢は？》
山川は蟹の這うような横文字を料紙に書きつけてゆく。初めて見る異国の文字であった。
《皆さんに迷惑をかけて申し訳ない。達吉には世話になった。僕はトーマス・ブラウン。イギリス人だ。歳は二十四。職業は文筆業。出身はイングランド西部のチェスターだ》
山川が持ってきた筆は一本しかなかったので、交互に書き綴るしかなかった。
もっとも、山川はトムの書いた英文の意味を考え考え、ゆっくりとしか訳すことができなかったので、不便なことはなかった。
《何ゆえに達吉たちに匿うことを求めたのか、その理由は？》
山川の書きつけた言葉にトムはうなずいて筆を受けとり、達吉たちの顔を交互に見て次の文字をゆっくりと記した。
《僕は生命を狙われている》
山川が訳した言葉には達吉も驚かざるを得なかった。
二人は期せずして同じように大きく息を吐いた。
「By whom?」（誰に？）
山川は呆然とした表情でトムに訊いた。
《実の兄だよ。腹違いのね》
訳が終わると、達吉たちは顔を見あわせた。

「何ゆえのことだ……Why?」
山川は覆い被せるように尋ねた。
トムはちょっと宙に目を遣って考えてから、かなり長い文章を書きつけた。
《父は、チェスターで鉄鋼業を興して成功した。王立協会に多額の献金をし、晩年には終身の一代貴族となり、貴族院議員にもなった。四年前に父が死ぬと、遺言で財産の半分を僕が相続し、兄と姉が残り半分を分けることになった。父が母のユリアを愛していたためだ。兄はギリシャ系の母と、その後妻の子である僕を憎んでいる。母が自分の生母から父を奪ったからだ。僕に財産を取られるのは、兄にとって屈辱でしかない》
トムは、必死で筆を進めるが、初めて持つ毛筆でうまく英文が書けるわけはない。蚯蚓ののたくったような横文字が料紙にゆっくりと綴られていった。
《最初はイースターの夜だった。人混みのなかで橋から川に突き落とされた。この時は、たまたま通りかかった船に救われた。次は、五月末の深夜だった。街区はずれの東門《イーストゲート》を潜ろうとすると、上の時計台から鉄の台枠が降ってきた。両方とも兄の差し金だ》
深刻な顔つきで山川が訳す怖ろしい話に、達吉は息を呑むしかなかった。
《僕は、財産を放り出して合衆国へ逃げ出した。『ボルチモア・クロニクル』誌の記者の仕事を大学時代の教授が紹介してくれたからだ》
手を墨で真っ黒に汚しながらそこまで綴ると、トムは大きく息を吐いた。
《警察機関に訴えればよいではないか。英国の警察制度は進んでいるのではないのか？》
山川は憤然とした口調で言うと、暗い灯火の元で細筆を走らせた。

《秘密を公にすれば、ブラウン家の醜状が世間に広まる。そんなことになれば、姉は死んでしまうかもしれない》
トムの答は意想外のものだった。
「Your sister will die!」（君の姉さんが死んでしまうだって！）
山川は驚きの声を上げた。
《姉は兄と同腹で、僕とは腹違いだが、小さい頃から可愛がってくれた。十歳の時に母が死んでからは母親代わりだった。兄が弟殺しを企むような人間と知れば、姉はひどいショックを受ける。病弱な姉だけに心配でならない。姉の婚家は貴族だ。夫婦の仲は円満だが、醜聞が広まれば、舅は姉を追い出すだろう》
トムは悲愴な表情でため息をついた。
《大西洋を渡ると、残念ながら雑誌記者の仕事はほかの者に決まっていた。僕は地方紙の記者や家庭教師をして糧を得た。イギリスの暗い事情から解放された僕は、伸び伸びと毎日をすごした。恋もした》
いったんは薔薇色に染まったトムの頬が蒼ざめ、眉間に深いしわが寄った。
《兄はこの秘密を僕が誰かに喋ると思ったらしい。僕の生命を狙い続け、合衆国にまで刺客を送り込んできた》
「surely……」（なんてことだ……）
山川は、二の句が継げないという顔をみせた。
《霧の夜に、ワシントンD.C.のアナコスティア川沿いで拳銃をぶっ放された。一発目が腕を擦ったおかげで川に飛び込んで命を拾った。僕は、次の日には香港行きの船に乗り込んだ。あそこは出入国にもうるさくない。香港では友人の父親がやっている貿易会社を手伝って食べていた》
山川は質問を重ねたいようで、トムから筆を受けとろうと手を差し出した。
《香港を捨てて日本に渡ってきた理由は？》
これは達吉も知りたかったことだった。
《合衆国で世話になった人を捜しているからだ。その人がいまは東京にいる》
トムは一つ単語を綴っては考え、また一語を書くという感じで、ようやく短い一文を記した。紙に綴った言葉は嘘ではないが、ほかに何かを隠している雰囲気だった。
「Tell me the name of whom you are searching.」
《君が探している人の名前は？》
山川は一文を書きつけると、鋭い目つきでトムを見あげた。
「I am sorry, but…」（すまない。だが……）
トムは誠意のこもった表情で答え、また筆を執った。
《その人にも迷惑がかかるので、いまは言えない。あなた方には、いつか必ず言う。香港でも男に尾行された。刺客か探偵か、日本へ渡ろうとしたことを兄に嗅ぎつけられたようだ。香港以来の僕の行動は、本国の法律では許されない。強制送還されてイギリスに帰れば、兄に殺される。助かろうとすれば、ブラウン家の恥を世間に曝す》
「ふーっ。俺っちは、ただの漁師の倅でよかったが……」
トムがここまで記すと、達吉は言葉が口を衝いて出た。正直な達吉の気持ちだった。傾きかけた浜の苫屋を兄と争う必要はなさそうである。

それ以上に、世界を股に掛けて生きているトムがうらやましかった。達吉には想像もできないほど、ひろい世界を目の前のトムは知っているのだ。

《探している人に会う前に、日本から追い出されるのは嫌だ。日本の役所や、兄の手が回っているイギリス公使館だけには、引き渡さないでくれ》

トムは引き続いて、必死の表情でこのように綴った。

「I will do my best.」

《力を尽くしたい》

山川の返事を聞いたトムの眼に感謝の色が現れた。

「I will never forget your kindness what you have done for me.」

トムはゆっくりと発声して謝意を表した。

《あなたのご厚意を僕は決して忘れない……》

トムの答えの訳語に続けて山川が書いた文字を覗き込んだトムは小さく叫んだ。昂奮して早口に何かを喋りながら、達吉の身体を抱きしめた。

筋肉質の堅い身体が押しつけられた。わけがわからないうえに、そんな行為に慣れていない達吉は困惑するばかりであった。

トムを見ると頬に涙が伝っていた。

「いったい、どうしたんだら？」

ようやくトムから身体を解放された達吉は、向き直って山川に尋ねた。

「拙者は、トム君にこう伝えたんだ」

山川は自分の書いた英文を見ながら訳語を口にした。

《息の止まっていた君を、船まで背負ったのは達吉だ。生命を賭けた達吉の救難がなければ、君はこの世にはいなかっただろう》

昂奮が収まると、トムは山川から筆を受けとり、さらさらと一文を書いた。

「トム君の言いたいのは、こういうことだ」

山川はトムの書いた英文を次のように訳した。

《そうだったのか！　墓場で助けて貰った時から親友と思っていた。本当は生命の恩人だったんだね。ありがとう。達吉と出会えただけで、日本に来た意味はある！》

山川の日本語が終わると、トムは大きくうなずいた。

「いや、俺っちは当たり前のことをしただけだが……」

照れ臭くて、達吉の頬は熱くなった。

筆談には思いのほか時間がかかった。書かれた英文を達吉にもわかるように山川が訳して日本語で口にするのだから、その煩雑さは亮子がフランス人に行った尋問の比ではない。

しかも、トムの書いた文章のなかには、山川には理解できない単語がたくさんあった。山川はわからない単語が出てくるたびに、その単語を丸く囲んで「？」の記号をつけた。

トムはいちいちその場で英文の説明を付さねばならなかった。いわば即席の英英辞典の項目をいくつも作っているようなものだった。

トムが達吉に抱きついた頃には、時が移って、すっかり深更になっていた。もはや、鶏の鳴き声すら聞こえず、あたりは森閑と静まりかえっている。

「達吉。これは、腹をくくるしかないぞ」

トムを残して念仏堂を出ると、山川は重々しい調子で言葉を発した。

「もし、トム君を県令閣下や外務卿閣下から隠すとなれば、これは、大変なことだ。外岡さんや我々に隠していたのとはわけが違う。露見した時には、入間全体の責めとなる。いずれにしても、外岡さんや塾長にすべてをお話しして、ご差配を仰がねばならない」

「でも……」

文平や頼母が、簡単にトムを匿い続けてくれるとは思えなかった。

自分を頼りにしているトムを、県令やら外務卿やらに引き渡すわけにはいかない。詳しい事情を知ったいまとなってはなおさらである。

「まさか、牛や馬じゃあるまいし、トム君をこのままわらのなかに寝かし続けるわけにはいかん。たとえば、風呂にも入れてやらねばかわいそうだろ。お前たちだけでそんなことができるか」

山川は痛いところを衝いてきた。トムをいつまでも念仏堂に置いておくわけにはいかない。それでも、まだ達吉のこころにはためらいが残った。

「そりゃあ、そうだけど……」

山川はだめ押しするように続けた。

「それに、トム君の向後のことも考えなきゃならん。何処に住まわせて、いつまで隠し続けるのか。尋ね人を捜すと言っても、いったい何から始めればいいのか。難問過ぎて、拙者にもわからん。とにかく、拙者たちはトム君にとって、この国での一番いい生き方を考えてやらねばならぬのだ」

トムの行く末を真剣に考えてくれている山川に従うべきだ。ようやく達吉も思いきることができた。

「へぇ。わかりやした。旦那さぁや御前さまに包み隠さずお話し申しやす」

山川は何度もうなずいた。

「今日はもう遅い。塾長もお休みだろう。明日の朝早くに、拙者とお前がそろってお話にあがろう。いいな。達吉」

士族らしい貫禄を見せた山川は、達吉に念を押した。

杉の芳香が夜気に溶け出している山道を下るにつれ、達吉は段々と事態が容易ではないと気づいてきた。

一昨日の晩、火葬の広場でトムが息を吹き返してから、後先のことは深くは考えずに匿い続けてきた。しかし、山川が言うように、トムのことが露見した時には、入間全体にどんな困難が降りかかるかしれない。

それ以前に、文平を欺いてトムを匿った罪は、軽いものではない。

要蔵や藤助、留吉に累が及ぶことだけは、何としても避けなければならなかった。これは、自分の生命を投げ出すほかに、責めを負う術はない……。

達吉は悲壮な覚悟で山道を下っていった。

海蔵寺の手前で、山道は小さな流れを渡る。達吉は振り返って立ち止まり、六角提灯で山川の足もとを照らした。

「達吉、どうした。顔色がすぐれぬぞ」

木橋の上で立ち止まると、山川はからかうような調子で声を掛けてきた。言葉とは裏腹に、山川自身の表情は硬かった。

頼母がトムの問題をどう考えるかは、山川にも読み切れないのだろう。

「山川先生。いざって時には、脇差を貸してくらっせぇ」

達吉は橋の袂で唾を呑み込みながら、かすれた声で頼んだ。喉が引きつった。

「脇差だと？　どういうつもりだ？」

山川は怪訝な顔を見せた。

大柄な山川の腰には、茶呂鞘も瀟洒な一振りの脇差が収まっていた。日頃から自慢の備前物の古刀だった。士族が刀を差さなくなるのは、二年後に発布される廃刀令以降のことである。

「御前さまが腹を切れっておっしゃったら、腹ぁ切るが……」

達吉は大まじめだった。

頼母は武士らしい武士である。きっと、切腹という責任の取り方をよしとするに違いない。

トムを匿ったことが入間に困難を招き、その責を負って腹を切れと命じるのなら……。達吉は、自分の生命を投げ出しても、トムの助命を嘆願するつもりでいた。

「馬鹿なことを申すな。塾長がそんなことをおっしゃるわけがない。それに、武士でもないお前が、脇差など使えるか」

山川は橋を渡ると半ばあきれ顔で、叱るような口調でたしなめた。

「マグロやカツオをさばくんで刃物には慣れてやす。とにかく、御前さまが腹切れっておっしゃった時は、お願ぇしやす」

達吉は真剣だった。額に汗しながら必死で山川に頭を下げた。

「馬鹿者、切腹を魚をさばくのと一緒にする奴があるものか。つまらぬことを案じておる暇があったら、塾長にきちんとお詫びをする言葉を考えておけ」

山川はあきれ顔で苦笑いをするばかりで取り合わなかった。

達吉の肩にはがちがちに力が入って、鼻息はしぜんと荒くなっていた。

遠い平氏ヶ岳に続く森から、寝惚けたように鳴く仏法僧の声が聞こえ始めた。余りにも多くの出来事が達吉を通り過ぎていった二日目が終わろうとしていた。

第五章　真珠の星なる君なりき

1

達吉は山川の広い背を眺めながら、加美家の離れに続く渡り廊下を歩いていた。

右手の坪庭に植えられた五本あまりのユスラウメが、淡紅色の可憐な小花をほころばせている。

左手には遠く花曇りの空の下、眠たげな青鈍色の入江が拡がっていた。

だが、いかにも駘蕩とした景色が、達吉のこころに響く余裕はなかった。いよいよ、頼母や文平にトムのことを告げなければならない時が来た。自分の生命も、あとわずかなものなのかもしれない。

目の前に回廊と離れを隔つ杉戸が見えてきた。

外岡屋敷の離れは、先代が将来は隠居所に使うつもりで建てたものだった。父が早世したために、文平は特別の客のある時に寝室などに使っていた。

下男頭の冶三郎から、文平が頼母のために、離れで茶を点てていると聞いている。

「山川先生、あらためてお頼み申します。いざって時は、脇差をお貸し願いやす」

達吉は寝不足気味の眼を瞬かせ、震え声で頭を下げた。

なにも答を返さずに、山川は杉戸へ向き直って部屋のなかへ声を掛けた。

「塾長。早朝より相済みませぬ。お話し申し上げたき儀がございます」

次の間を隔てた客間から、頼母の威厳ある声が返ってきた。

「山川か。入れ」

一礼して客間に入ると、正客のこととて頼母が床を背にして座っており、文平は対面の席で傍らに茶釜を据えて控えていた。

「早朝から慌ただしく、何ごとか」

頼母は釉流れも見事な白い小井戸茶碗を手にしたままで、いくらか不機嫌な声を出した。清々と朝茶を愉しんでいたところに無粋な邪魔が入ったのだから、あたり前だった。

山川と達吉は低頭して下座に座った。

「瓊筵《けいえん》（茶席）を騒がすぶしつけは、幾重にもお詫び申します。塾長。実は大事が……」

山川の袖を後から引いて達吉は制止した。

「山川先生。自分でお話しするが」

達吉は自分の口から告白することだけが、遅まきながら頼母たちに対する誠意だと思っていた。

「その……実は……もう一人、生きている異人がおりやして……」

意を決したはずなのに、喉の奥に、まるで玉か何かが詰まったように感じた。達吉の言葉は続かなくなった。

「なんだと」

文平が茶席の亭主の立場を忘れて、あらぬ声を立てた。

頼母は低い声でうなった。

怒気を含んだ文平の声に、背中を叩かれたかのように、かえって達吉の口は回り始めた。

「トムって名前の、エギリスっていう国から来た男だ。いい奴で、役所に渡されると国に帰されて、兄さに殺されるが。俺っちはトムがかわいそうで、そんで、悪りぃことって思っただけど、匿ったんでやす。俺っちは死んでもええから、トムを助けてくらっせぇ」

達吉は、緊張のあまり、あまり筋の通らないことをわめくように叫んでいた。

山川が達吉の背中をどやしつけた。

「達吉、落ち着けっ」

「塾長、拙者からお話し申す。トーマス・ブラウンと申す英吉利人は、牛根なる岩礁で絶息せしところを達吉が担いで船に運び、海蔵寺裏で荼毘に付すを待つうちに、息を吹き返せし男でござる。達吉は蘇生したトムに哀訴され、情にやむなく、これを杉山の念仏堂に匿いおりました。昨夜半、拙者は達吉に請われてトムと筆談を行い、這般の事情を詮議致せし次第。筆談は深更に及びましたゆえ、御寝を妨げ申し難く、彼の者の事情を調書にまとめ申しました。ぜひとも、ご披見下されたく、伏して願い上げ奉ります」

山川は堅苦しい言葉を選んで一気に説明した。

言葉が終わると同時に、山川は懐から畳んだ料紙を出し、膝行して頼母に渡した。

頼母は茶碗を畳の上に置いて黙って受け取り、静かに開いた。調書には、かなりの分量の細かい文字が裏側から透けて見えていた。達吉は、ずぼらにも見える山川が、あの深夜から詳細な調書を書いていたことに驚いた。

頼母の両眼が食い入るように調書を見ている。

怖い顔だった。いまにも大きな声で「許せぬ奴め。腹を切れっ」と怒鳴られそうにも思えた。

達吉は実際には切腹の場面を見たことはなかったが、頭のなかでは山川の脇差を両手で握る場面を思い浮かべていた。

蒼白く光る刃を思い切り臍下に突き立てて右へ引く。目の前に血潮が噴き出し、自分は前のめりに倒れる……。張りつめた緊張に、達吉の鼓動はこれ以上ないほどに高まり、強いめまいがしてきた。

やがて、調書を読み終えた頼母は、傍らの文平に調書を渡して腕を組むと瞑目した。

文平も眉間にしわを寄せて調書を広げ、真剣な顔で内容を追った。

読み終えた調書を丁寧に畳んで、文平は山川に返した。

硬い表情を崩さぬ山川は、かるくあごを引くと無言で調書を受けとった。

頼母は腕を組んで瞑目したまま、かなり長いこと黙っていた。

鼓動に合わせて、こめかみのあたりがずきずきと痛み、達吉はその場に倒れそうだった。

網代天井も頼母の顔も、ぐるぐる回り始め、達吉は自分の緊張が限界に近づいたと感じた。

座敷はしばし静寂に包まれ、誰もが頼母の言葉を待った。

遠くの山から響くウグイスの声が、場の空気と不釣り合いに、のんびりと響いた。

やがて、頼母はゆっくりと両眼を開いた。

「窮子を庇うは、これ即ち武家の美風なり」

静かな頼母の言葉は、漢学の講義のような毅然とした韻律を持っていた。

武家社会では、古来、困難に陥って自分を頼ってきた者を、理非を問わずに庇うことが美徳とされる風潮があった。

ただし、いったん引き受けた者は、何があっても最後まで庇い通さなければならない。また、降りかかる災厄一切を抱え込む覚悟が必要だった。

（死なんで済んだが……）

達吉は長く長く呼気を吐いた。

全身からはどっと汗が噴き出していた。

頼母にトムを護る意志のあることを知って、跳び上がりたいほどに嬉しかった。

「されど、その男を庇い立てすることで、入間を窮地に立たせるわけにはゆかぬ」

頼母は眉間にしわを寄せた厳しい表情になった。

「どうだろう。外岡さん。ここは、入間の民が知らぬうちに、身どもが勝手に英吉利人を保護し、達吉に無理に船を出させて連れ去ったとしては」

茶を一口そっと喫すると、表情をやわらげて頼母は言葉を継いだ。

「しかし、それでは、御前にご迷惑が……」

達吉の隣に座る文平は、気遣わしげに眉を寄せた。

「さようなことは構わぬ。されば、まずは江奈に連れて参ろう……いや、学舎では人目が多いな」

しばらく腕組みをして頼母は考えていた。

「これは、ひとつ大屋の依田どのにも一肌脱いで貰うことに致そうか」

ゆっくりとした口調で頼母はひとりの男の名前を口にした。

頼母が言う「大屋の依田」とは、謹申学舎の創始者の一人でもある大沢村の戸長・依田佐二平のことである。昨年の九月には私財を投じて自邸内に洋館を建て、旧会津藩士の大島篤忠（上田元四郎）を招いて校長とし、大沢学舎という地区初の公立小学校を開設しているほどの篤志家であった。

「名案ですね。依田さんもまた、外岡さんと同じく、侠気ある名主ですから。依田邸は大きいし、奥まった大沢の里なら、川船以外の往来も少ない。人目につかずに何月でも匿い通せましょう」

山川の声にも喜びがあふれ出ていた。

昨夜の筆談を通じて、山川がトムに親しみと憐憫の情を抱いてくれたことが、達吉には嬉しかった。

「仮に露見したとする。依田どのは海難の詳細を知らぬことにすればよい。英吉利人を学舎の師範として招聘された者と信じていたという弁疏《べんそ》は通ろう。なに、朝敵の身ども一人が罰せられれば済む話だ」

小井戸茶碗を手にしたまま、頼母はからからと機嫌よく笑った。

「ひとまず大沢で時を過ごさせれば、トム君の人捜しの方図も見つかるでしょう。さて、善は急げだな。県令閣下が来村すれば万事休すだ。遅くとも、あと一刻半くらいのうちには入間を出なければならん」

山川の言葉は、後半から独り言のような口調になった。

「さっそく支度を致そう。異人がことは、吉益さんにも伝えぬとな」

頼母の言葉に山川は頭を掻いた。

「たしかに、大沢へ連れて行くことは、吉益さんからトム君に話して貰いたいですな。拙者の筆談では無駄が多すぎる。外岡さん、吉益さんはこの離れにおいでですか」

「離れの別室にお泊まり頂きましたが、朝食前にと、海蔵寺の桜を見に行かれました」

にこやかにうなずくと、文平は粛々と茶道具を片づけながら答えた。

「ところで、達吉、そのほうには言うべきことがあろう。身どもにではない。文平どのにだ」

厳かな頼母の言葉が何を意味しているかは、達吉にはすぐにわかった。

「旦那さぁ。今の今までトムのことを隠してやして、えれぇ、すまんことでした……」

悄然と肩を落として、達吉は畳の上に両手を突いた。

「二度は許さんぞ。此度のことは、御前も仰せあるように、武家の美風にも通ずる。が、異人を匿うなら匿うで、入間は一蓮托生だ。今後は、大事は何であれ、まずわたしに話せ」

親が子に諭すような文平の言葉を聞いているうちに、後悔がこころに湧き上がってきた。達吉は鼻がつんとした。

「これからは大事なことは、まずは旦那さぁにお話しするが。どうか、許してくらっせぇ」

達吉は畳に頭を擦りつけて低頭した。

へなへなと身体中の力が抜けていくのを感じた。

トムを念仏堂に連れて行ってからは、緊張の連続だった。しかし、すべてがこれで終わった。

達吉の座っている畳には、汗がじっとりと滲んでいた。

「達吉。そのほうの異人を思う気持ちには混じりけがなくてよい」

達吉は驚いて頼母を見あげた。

頼母は柔和な笑みを湛えてうなずいていた。

両の眼からふいに涙があふれ出た。

達吉は、あわてて顔を袖で拭った。

「では、山川。トムと申す英吉利人を、早速にここへ連れて参れ」

茶を飲み終えると、頼母は家老が奉行職にでも言うような調子で命じた。

「はい、塾長。ただ、先に風呂に入れてやりたいと思います。かなり汚れておりますので。外岡さん。ご好意に甘えたいのですが……」

山川は外岡に向き直って頼みこんだ。

「すぐに支度させましょう」

遠山のウグイスの谷渡りに混ざって、明るい声で請け合う文平の声が響いた。

花曇りの空の下、達吉は山川と二人、亮子の姿を求めて海蔵寺へと向かった。

讓山和尚が朝の勤行の最中で、本堂からは木魚の音とともに読経の声が聞こえてくる。線香の香りが、春風に乗って漂ってきた。

山門を入ると、鐘楼のかたわらに達吉たちを眺める人影があった。

「山川先生……。あすこに」

山門のほうへ静かに歩みを寄って来たのは亮子だった。

亮子は昨日の可憐な薄桃色の洋装をまとっている。

「おお。桜狩、眺むる花は佳人かな」

山川は冗談めかした口調で狂句めいたものを口にした。

境内にまばらに植えられた桜の木々は五分の咲き頃で、枝々に華やかな彩りを見せていた。嵐が過ぎ去ってから、入間の桜はいっせいに花を開き始めた。

「亮子さんっ」

大声で呼びかけた山川は、急ぎ足に山門のなかへ入ってゆく。

山川の背を達吉はあわてて追った。

「おはようございます。山川さま。達吉さん」

亮子は澄んだ声で二人にあいさつを返した。

「実は、お願いがあって参上つかまつりました。お骨折りとは存じますが、畢竟するに、また、通弁をお願い申したいのです」

山川は、勿体ぶった顔つきになると、いやに丁寧な口調で頼んだ。

「わたくしで、お力になれることでしたら」

亮子の右頰に片えくぼができることに、達吉は初めて気づいた。

「むろんです。相手はトーマス・ブラウンという英吉利人でして」

「あら……」

山川の言葉の途中で、亮子は小首を傾げて意外そうな表情を見せた。

「えっ、もしや、お知り合いなのですか?」

山川は、驚きの色を帯びた声で問いかけた。

「同姓同名の者が知人におります。でも、日本と違って、英米は姓名の種類が少ないので、同姓同名になる例が、山ほどありますから。苗字など、あちらでは日本の百分の一ほどしかございませんでしょう」

亮子は落ち着いた顔に戻ってにこやかに答えた。

「ほう、そんなに少ないんですか。で、こちらのトム君は、現在、子細あって山道を登ったところの念仏堂に匿われております。塾長は、この男を政府筋には極秘に保護し、大沢村の依田佐二平さんに託されるご意向でして」

どこか気取った調子で山川は言葉を続けた。

「まぁ、大沢の依田さまに。それでは、わたくしたちと一緒の船で？」

なめらかに美しい発声を持つ亮子の言葉は耳に心地よく、本当ならば達吉もいつまでも聞いていたかった。しかし、いまはそんな場合ではない。

「さよう。あと一刻ほど後には出発したいのです。英吉利人は何も事情を知らないので、亮子さんにお伝え頂きたいわけです。拙者としては、貴女の達者な英語を拝聴して、ぜひ、後学の糧としたいと存じます」

亮子と会ったことで、すっかり饒舌になってしまっている山川の話は、いつまで続くかわからなかった。トムの来し方を話し続けていたら、四半刻やそこらはかかってしまうかもしれない。

達吉は、ひと晩経ったトムのようすが心配でならなかった。

「あの、山川先生……」

達吉は、遠慮がちに山川の袖を引いた。

「あまり人が通らねぇうちに、念仏堂へ登ったほうがええだら」

もともと人通りのほとんどないところだが、万が一ということもある。どうせ、加美家に連れて行くのなら早いほうがいい。

「うむ。そうだな。お前の言うとおりだ」

興を醒まされた山川も、不承ながらも同意せざるを得なかった。

「じゃ、俺っちは一足先に行ってるが」

気が気でない達吉はすでに走り始めていた。

「おい。待てよ。達吉」

背中から山川のあわてたような声が響いた。

念仏堂の西側には一本の山桜が植えられていた。

達吉の生まれた頃に、譲山和尚が植えたものだった。日当たりがよい場所のために、すでに大木となって念仏堂のわら屋根に覆い被さるように枝を伸ばしている。海蔵寺の桜よりは大分ほころびて、薄紅色の花弁を微風に揺らしていた。

あたりには人影もない。どこかからウグイスが鳴く声が響いている。

達吉は、ほっと息をつくと、念仏堂の格子戸を手前に引き、堂内に声をかけた。

「トム。起きてるか?」

「タツキチ。Good morning.」(タツキチ。おはよう)

ごそごそとわらをはね除けてトムが這い出してきた。達吉は安堵しながら、陽気に言葉を続けた。

「おい、トム、いよいよ、ここを出られるが。あったけぇ飯も食えるし、風呂にも入れる。今晩からは、蒲団で寝られるだじゃ。まずここから出て、天女さまの話を聞くがええが。ええ綺麗《けっこ》な人《い》だで肝つぶすなや」

話している言葉の意味はわからないはずだが、トムは達吉の語調や表情で事態の好転を感じたらしい。明るい笑顔を浮かべた。

「さ、とにかく表に出るが。お二人とも、もう登ってくるだら」

達吉はトムの手を引いて、念仏堂から出ることを促した。トムは幾分か不審そうな表情ながらも、達吉に従って濡れ縁に出た。

久しぶりの陽の光を浴びて、トムは眩しそうに眼を細めた。しっかりと筋肉のついた肩を前後に廻して大きく深呼吸をしている。

おりしも、山川と亮子が坂道を登ってお堂に歩み寄ってくるところだった。

亮子はトムの存在に気づいた。

達吉は、三間ばかりの距離から亮子の表情が激しく変化するのを見た。

トムを認識したとたん、亮子は口をぽかんと開けた。

見る見る瞳の全部が黒目だけになったかのように見開かれた。昼間に幽霊を見たような驚きの表情だった。

続いて亮子の顔いっぱいに激しい歓びの表情が現れた。紅い唇がかすかに震え、二つの瞳が明るい光彩にきらきらと輝いた。

「トム。トムなの」

次の瞬間、亮子は少し裏返ったような声で叫んでいた。

痩せぎすの身体が揺れている。トムへ向かって走り出したいのを懸命に抑えているようにも思えた。

「Ryoko....Is it a dream?」（亮子……これは夢なのか？）

トムはかすれた声でつぶやいた。

亮子を凝視したトムの顔は、一見、無表情にも見えた。

しかし、よほどの驚きと衝撃を受けていることは、歯がかちかちと鳴り続けていることでわかった。

山川も啞然とした顔で二人を見比べている。

「いやはや、同姓同名どころか、なんと同一人物だったわけだな。トム君と亮子さんが旧知の仲とは」

亮子は、ゆっくりとトムのそばへ近づいた。

「Oh! Ryoko! At last, I find you!!」（おお、亮子。ついに会えた！）

我に返ったトムは、激しい歓喜の声をあげた。白い顔が紅潮し、鳶色の瞳に精力的な光がみなぎっていった。

トムの歓びようは、亮子の比ではなかった。

顔いっぱいに笑みがあふれて唇は歓びに大きく震えていた。

その場に達吉たちがいなければ、トムは亮子に抱きついていたのではないか。

「Thank goodness you are all right.」（あなたが無事でよかった）

亮子は濡れ縁の下に静かに歩み寄って、自分の右手をトムの右手に重ねた。

おりしも、雲間から薄日が差して二人を舞台に上った役者のように照らし出した。

「トム君が無事で実によかった」

山川の言葉に、亮子ははっとした顔になってトムの手を離した。

「トムには、ワシントン時代に英語を習っておりましたの」

気まずそうな表情を浮かべた亮子の口調は、どこか苦しそうだった。

「トム君は嵐のなかで牛根という磯で息が止まっていたのを達吉が担いで助け出したのです」

山川の言葉は達吉の功を誇るような調子だった。

亮子の瞳が大きく見開かれて震えた。

「そうだら。トムはあの嵐の日の晩げ、この下の広場で……」

達吉は多くの異人が埋葬されている下の広場の方向を指さした。

「ほかの仏さんと一緒に焼かれるのを待ってたら、息を吹き返したんだじゃ。俺っちも、たまげたのなんの。きっと、海に落ちた時にすぐに気絶して、水呑んでなかっただら」

達吉は、興奮気味になる自分を抑えることができなかった。

「Tatsukichi saved Tom.」（達吉がトムを助けたんだ）

山川が言うと、トムは達吉に向かって片眼をつぶって見せた。

「Yes, I owe Tatsukichi my life.」

達吉は小声で山川に尋ねた。

「なんて言ってるんだら」

「達吉さんは生命の恩人だ、と言っているのよ。トムは危ないところだったのね。達吉さん、なんとお礼を言っていいか」

亮子はいくらか落ち着いて、達吉に丁寧に頭を下げた。

「ほんとに運がいい男だが。俺っちも、あんなひでぇ波で、よくトムを担いできたと思うが。二人とも波にさらわれて死んでて当たり前だ。助かったのは、えれぇ不思議だら」

天女の口から礼を言われ、達吉は大いに照れて耳が熱くなり、どぎまぎして答えた。

この言葉は亮子を刺激したらしい。亮子の黒目がちの瞳から大粒の涙がぽろぽろとこぼれ落ちてモスリンの胸元を濡らした。

「よかった。ほんとうに……」

あえぐように言葉を絞り出したきり、亮子は絶句した。

しばしあって亮子は頬を上気させて、トムに向かって早口に何ごとか話し始めた。達吉の耳には高い調子の英語は鳥がさえずるように聞こえた。トムは短い言葉で相づちを打っている。

「今度は何だら?」

真剣に聞き耳を立てている山川に、達吉は囁く。

「早すぎて聞き取れぬ。したが、大沢という言葉が聞こえたので、向後のことを説明しているのだろう」

山川は額にしわを寄せながら、小声で答えた。

やがて、亮子の言葉が途絶え、トムが大きくうなずいた。

「I've been here to see you.」

トムは、明るい表情で力強い声を出した。

達吉は口をあんぐり開けて二人を見比べている山川の袖を引き、翻訳を促した。

「君と会うためにここに来た、と言っている。間違いない。トム君の捜し人は亮子さんだったんだ」

山川は小さく叫んだ。

この言葉を聞いた亮子の表情には、はっきりと混乱と困惑の表情が浮かんだ。潤んでいた瞳の光が褪せていった。

「Ryoko. Since then, I can't stop thinking about you.」（君のことばかり考えてきた）

トムは熱っぽい眼で亮子を見つめながら、肩に手をかけた。

だが、亮子は両眼を強くつむると右肩へ顔を向けて、トムの視線を逸らした。

「I'm sorry, but.....」（ごめんなさい、でも……）

亮子は地面に顔を向けて視線を逸らしたまま苦しそうにつぶやくと、一歩すっと後へ身を引いた。トムの顔に苦しげな表情が現われた。

達吉は、ふたたび山川の袖を引いた。

「君のことばかり考えていた、と言っているが、しかし……」

山川は眉を曇らせて口ごもった。

「じゃあ、二人は……」

想い合った仲なのかと思いかけたところで、亮子の凛とした声が響いた。

「達吉さん。まことに申し訳ないのですけれど、わたくしを下田へ送って下さいませんか」

もともと白い顔からすっかり血の気が失せて、亮子は、まるで人形か何かのように見えた。トムに出会った時とは別人のような硬く冷たい表情だった。

「へ……。江奈へ帰るんじゃねぇんだら?」

達吉には突然の亮子の態度の豹変が理解できなかった。

「それが、わたくし、急に東京へ戻らねばならぬ事情ができました。達吉さん、下田から神奈川に通う便船は毎日、ございましょうか」

亮子は表情を崩さず、抑えた声音のうえに切り口上で訊いた。

「とんでもねぇ。六日にいっぺんだら。向こうから大安の日に出てきて、こっちからは友引の日に出るのが決めだじゃ。今度は、えーと、あっ、明日だら」

達吉は戸惑いながらも、船出の日を指折り数えた。六曜の使用は新暦の導入とともに明治政府によって禁じられていたが、人々はなかなか慣れることはできなかった。

「ちょうどよかった。明日の船に乗ります。外岡さまのお許しも得なければなりませんが、お頼みします」

亮子は毅然とした調子で言い放った。

「舟漕ぐのは、お安い御用だが。けんど、トムはお嬢さまに会うために海を渡って来たんだら?」

達吉は、かたわらで蒼白になって震え始めたトムのために苦情めいたことを言ってみた。

「わがままを申して済みません。無理なお話でしょうか」

これでは取りつく島もない。

トムは茫然自失といった顔で立ち尽くしている。

「無理って言うか、トムの気持ちが……」

　達吉は真剣に腹を立てていた。海を渡って死にかけてまで亮子を求めたトムが、あまりにかわいそうだ。憤然とした口調の達吉を、今度は山川が袖を引いて制した。

「達吉、ここは拙者たちにはわからぬ、よほどの事情があるのだろう。亮子さんもつらいに違いない」

　たしかに、深い事情があるものには違いあるまい。そうでなければ、亮子の態度のあまりに急激な変化は、とうてい納得できるものではない。

　トムは瞳を曇らせ翳りのある表情で亮子の眼を見つめた。

　だが、亮子はトムの落胆には何らの反応をも見せなかった。

「山川さま、申し訳ございません。後ほど頼母さまにもご一緒できないお詫びは申します。それでは帰る支度がありますので、わたくしはこれで……」

　亮子は山川に向かって丁重に頭を下げた。

「Tom. Take good food and get enough sleep.」（トム、ちゃんと食べてよく眠ってね）

　突き放すように言うと、亮子は突然、踵を返した。

　身体を動かすことで抑え込んでいた感情が一度に湧き出てしまったのか、亮子は顔を手で押さえて坂道を逃げるように走り去っていった。

　ひっつめて一本の三つ編みにした後ろ髪が、激しく揺れながら遠ざかっていった。

　トムは濡れ縁に崩れるように膝をついた。両手を神に祈るように顔の前で組みあわせ、眼だけで小さくなって行く亮子の姿を追った。

「Ryoko, come back, please!」（亮子、戻ってくれ！）

獣が吼えるようなトムの叫び声が、杉森に響き続けた。

2

畝雲が低いオテ浜の傾斜地の高台で、頼母は切株に腰を掛けて達吉たちを待っていた。左右には文平と譲山和尚が並んで立っている。

背筋をぴんと伸ばし、鋭い眼であたりを眺め渡す頼母の姿は、戊辰戦争で矢弾の飛び交う陣中で士卒を束ねた武将にふさわしい威厳を漂わせていた。

（やっぱり、御前さまは会津の御家老さまだじゃ……）

トムがこれからの日々を頼母の庇護の下で過ごすことを達吉は心丈夫に思い、尽力してくれた山川にあらためて感謝の念を抱いた。

頼母ならば、きっとトムの身の立つように計らってくれるものに違いない。

波打ち際の左手には、達吉が漕いで下田へ向かうための雑魚舟が出港の準備を整えてあった。

梵天丸のまわりには、清作ほか七名の乗り子が藍染めのツヅレ姿も勇ましく、揃って砂地に膝をついて恭しく控えていた。

要蔵が「万事うまく行ったな」とばかりに、目顔で笑いかけてきた。

だが、トムと頼母との初めての接見にこころが張りつめている達吉は、笑顔を浮かべるゆとりはなかった。

――多くの家臣を率いていただけに、頼母どのは一瞥しただけで相手の器量を断ずることのできるお方じゃ。

譲山和尚の頼母評だった。そんな頼母がトムを見て、どのように感ずるかは不安だった。達吉は表情を崩さぬしかめ面で、要蔵にうなずいて見せた。

浜先には梵天丸の乗り子以外にも、総代の源治を筆頭とする大勢の漁夫や家族たちが賓客の見送りに出ていた。

トムの姿を見た人垣に声にならない空気の揺らぎが生まれた。

山川を先頭に達吉とトムは砂丘を登っていった。

風呂に入って無精髭を剃ったトムは、蚊絣の着物と小倉袴を身に着けて、見違えるほどに爽やかな姿に変わっていた。

(それにしても、トムはまったくかわいそうな男だら)

トムは、はるばる海を渡って訪ねてきた亮子に拒絶された。頼るべき人もいないこの国での今後の暮らしは、どんなにか心細いことか。

生まれた国では兄に生命を狙われ、逃れた米国で知り合った亮子を追って海を渡れば、海難に遭って死にかける。首尾よく巡り会えたと思った亮子には疎まれる……。

トムはよくよく不運な男である。前を歩く白い蚊絣の肩を眺めながら、達吉は、トムの行く末に幸運が待っていることを祈っていた。

「塾長、遅くなり申しました、英吉利人のトーマス・ブラウンを連れて参りました」

山川が容儀ぶって一礼した。

トムは袴の音を立てて頼母の前まで進み、山川を真似てぎこちなく一礼した。のぞき見ると、トムは唇をきっと結んで緊張している。

「うむ……。How do you do, Tom?」

頼母の低い声が響くと、あたりの人々に軽いどよめきが上がった。

頼母が立ち上がって右手を差し出すと、文平を初め、その場に居合わせた者の誰もが驚きを隠せなかった。

譲山和尚などはうなり声をあげて、しきりと禿頭をつるりと撫でている。

達吉はトムを歓迎する頼母の意が確かなものと知って胸を撫で下ろした。

「How do you do? I'm pleased to see you.」（初めまして、お会いできて光栄です）

トムは笑顔を浮かべて右手を差し出した。

まるで、貼りついたような引きつった笑顔だった。

（お嬢さまのことがこたえてるんだら。無理もねぇ）

「塾長。英語がおできになるんですか？」

頼母の振る舞いに、山川はよほど驚いたようすで咳き込みながら訊いた。

「なに、あいさつはいつぞや異人より習ったことがあるだけだ。……吉益さん。あとは、通弁を願います」

半白のあご髭をそよ風になびかせながら、頼母は亮子に向きなおって頼んだ。

「承知致しました」

華やかな洋装の亮子は硬い表情でうなずいた。腫れぼったい瞼と青ざめた顔色が痛々しかった。

（やっぱり、深いわけがあるに違ぇねぇら）

達吉は一度は天女とも思った亮子が、情のないこころの持ち主であってほしくなかった。

トムのようすをうかがい見ると、眉根にしわを寄せて亮子を見続けている。

「元会津藩家老、保科頼母と申す。向後、貴公を保護する所存だ」

頼母は居ずまいを正し、いかめしい顔つきであいさつした。頼母は、トムを保護に値する男と見たようである。

「I'm Tanomo Hoshina. I'd been a minister of the domain of Aizu. I'll protect you, after this.」

達吉は軽やかな音曲のようにも聞こえる亮子の通弁を聞きながら、異国の家老とはいったいどんな人々なのだろうと想像を巡らせてみた。が、頭のなかには麻裃を着て髷を結った武士の姿しか思い浮かばない。

「Tom, What's the matter?」（トム、どうしたんだい？）

山川は眉を寄せて訊いた。

トムのほうへ眼を向けると、放心したような眼で亮子の顔を見つめている。

「Oh... I'm sorry....」（ああ、申し訳ない……）

すぐにトムは我に返った表情になった。

ちょっと首を振ると、姿勢を正し頼母に顔を向け直して口を開いた。

「Thank you. Your Excellency Hoshina. I'm sorry for the inconvenience.」

《保科閣下のご厚情に感謝申しあげます。ご迷惑をおかけして恐縮の至りです》

トムが神妙な顔で述べる謝意を、たちどころに亮子が邦訳した。

「最善を尽くそう。さて、急がねばならぬ。あの船に身どもらとともに乗るがよい」

頼母はあごを引くと、波打ち際に下ろされている梵天丸を指さした。

「I'll do my best. Well, time is up. Let's ride on that ship together.」

亮子が小ぶりの唇を丸めたりつぼめたりして流暢に異国の言葉を紡ぎ出すさまを、達吉はあらためて不思議な通力のように感じていた。

「Oh, I see. I would appreciate any help you could give me.」

トムは梵天丸を見遣って、いくらか頼りなげな表情を浮かべてうなずいた。

ニール号が沈んだのは、わずかに三日前の出来事である。船に乗るのが不安なのは、当たり前のことだろう。

《わかりました。これからのことを、どうかよろしくお願い致します》

だが、亮子に訳語されたトムの返答は、飽くまで頼母への儀礼を崩さぬものだった。

「入間村戸長の外岡文平です。万事が首尾よく進捗することを祈っております」

最後に文平が入間を束ねる者として別れを告げた。

「I'm Bunpei Tonooka. I've acted Iluma village headman. I hope all goes well in your life.」

亮子の英訳が終わると、トムは感極まった声音で文平に礼を述べた。

「Thank you Mr.Tonooka. I'm glad that you support me. I should never forget Iluma village.」

《ありがとう、外岡さん。私は……皆さんが私を助けてくれたことが嬉しい。私は……決して入間のことを忘れないでしょう……》

亮子の訳語は途切れがちになった。

この浜先での会話を通じて、亮子が初めて現した生々しい感情の動きだった。

「では、入間自慢の船に乗せて貰うとするか」

頼母は左右を見渡して後、梵天丸の左舷中ほどに設えられた踏み台に乗った。

山川が続き、下男頭の治三郎が続いた。県令を出迎えなければならない文平の名代として、治三郎は大沢村の依田佐二平にあいさつするために松崎に赴くのだろう。

列の最後にいたトムは踏み台のかたわらで歩みを止めた。

達吉ははっとしてトムの顔を見た。蒼白な顔のトムは、こちらに向き直って刺すような視線で亮子を見つめている。

「Tom, let's ride on!!」（トム、船に乗ろう）

山川が胴ノ間から船に乗るようにと促した。

トムは険しい顔つきで梵天丸を振り返って叫んだ。

「Please, wait for a moment.」（お願いだ。ちょっと待ってくれ）

「待てだと、いったい、どうしたというんだ。トム……」

山川はつぶやくように言って船を下りてきた。

「Ryoko. Please ride on that ship with me.」（亮子。僕と一緒に船に乗ってくれ）

トムは一間余りの距離まで亮子に近づいた。首を小さく動かしながら、ひとつひとつの単語を区切って強調するような発声で呼びかけた。

トムは最後のmeという音を鋭く発した。額に深い縦じわを刻んで、まるで怒っているかのようにも見えた。

亮子を見つめる鳶色の瞳には刺すような光が宿っている。

海風が青ざめた顔にかかる黄金色の髪を揺らした。

「トムは何て言ってるんだら……」

強固なトムの意志が何を現しているものかを知りたくて、達吉は隣に並んだ山川の袖を引いて訳語を促した。

「トム君は亮子さんに、梵天丸に一緒に乗ってくれと頼んでいるのだ」

山川は亮子に気兼ねしてか、囁くように邦訳した。

達吉と山川の会話を耳にした亮子は眉を吊り上げて二人を見た。

「山川さま。失礼ながら、私とトムの会話を逐一、訳語して頂けませんでしょうか？」

モスリンのスカートの裾を揺らして、亮子はきっとした調子で山川に迫った。

「はぁ。拙者にできる範囲でなら……」

突然の依頼の趣旨を解しかねたのか、山川は曖昧な声を出した。

亮子が二人の会話を山川に訳させることで公証したいと考えていることに達吉は気づいた。

後々、世人に誤解を与えないよう、頼母や文平にトムとの会話が何を意味しているのか明らかにするつもりなのだろう。

亮子の顔は強張り、白眼がちになった瞳はトムを射すくめるように見据えていた。

トムの思いをはね除けて、亮子は何かを守ろうとしている。

守るべきものの正体は、はっきりとはわからない。だが、その覚悟は尋常なものではなかった。

この場での会話の内容如何によっては、懐剣をも取り出しそうな気配でさえある。

達吉は不安な思いにとらわれた。洋装なので懐剣を持っているとは思えないが、舌を嚙み切ることは即座にもできる……。

船上の頼母も、砂丘上の文平や譲山も固唾を吞んで成り行きを見守っている。

亮子は山川にかるく会釈した。

「では、お頼み申します…… I value our friendship very much. However, I can't go with you, to my regret.」

トムに向かって一語一語を明確に発声し、冷静な口調で告げた。

《私たちの、友人としての交情を大切に思っております。ですが、まことに遺憾ながらあなた様とは、ご一緒できません》

山川は額に汗しながら亮子の言葉を邦訳していった。

「I want you to know that I'm feeling upset.」

トムは苦悶に歪んだ顔で亮子に詰め寄った。

《何とも落ち着かない自分の気持ちを察してくれ》

山川の訳語が終わるのを待って、亮子は激しい口調で答えた。

「I ask that you respect my wishes, by all means.」

冷たく言い放つ亮子の顔からは、すっかり血の気が失せていた。

《どうか、私の願いを尊重してください》

「If so, let's get together as soon as possible.」

山川の言葉が終わらないうちに、トムは胸の前で両の掌を開いて上下に振りながら鋭く叫んだ。鳶色の瞳が三白に見えて、頬が痙攣している。

《それならば、できるだけ早く再会したい》

トムの表情とは対蹠的に、山川は静かに訳した。

白磁のような顔で亮子はわずかに身体を震わせている。

「I'm sorry but, I don't want to see you soon.」

言葉が終わると同時に亮子は硬く唇を噛み締めた。右手がスカートの腿のあたりをきゅっとつかんだ。

《申し訳ありませんが、あなた様とは近いうちにお会いするつもりはありません》

山川は肩をすぼめ、気の毒そうな顔で訳語を終えた。

亮子はトムの気持ちをはね除けた。

トムの好意を受け入れることは、亮子の名誉を傷つけることになるのだろう。

己が名誉を守るためには、ひとつしかない生命を投げ出すことも辞さない。それが武家というものであり、武家の女なのだ。

武家のこころの成り立ちは、自分たちとは大きく異なるものに違いない。

「Ryoko……」

そうつぶやくと、トムは腹腔から大きく息を吐いて両の瞳を閉じた。硬く握りしめた左右の拳は小刻みにわななないている。

　達吉の脳裏で、激情を抑えきれぬトムが亮子に向かって走り出し、その華奢な身体を抱きしめる姿が浮かんだ。

　わずかな沈黙を経て眼を開いたトムは、今までとは打って変わった穏やかな表情に変わって、亮子を見つめた。

「You are a wonderful lady! Your future looks bright. May the blessing of God be upon you.」

　あるいは乱れる感情を現さぬための擬態なのかもしれない。だが、トムの鳶色の瞳は静かに澄んで、亮子に語りかける声は凛然として浜に響いた。

《貴女は素晴らしい人だ。貴女の未来は輝いている。……神の御恵みがありますように》

　訳語する山川の声音は震えを帯びていた。

　トムの態度に達吉は西洋の武士道を感じた。亮子の態度に触れ、達吉は武士道の根本を、誇りや名誉のために己を空しくすることだと考え始めていた。

　いまトムは己を空しくして亮子の誇りを守ろうとしているものに違いない。

　すべての思いを捨てて亮子の将来を寿《ことほ》ぐことで、トムは愁嘆場を、厳かな別れの儀式へと塗り替えたのである。

「I will be there in spirit….」

　独白するように亮子は言葉を口にした。

　亮子の瞳には静かな光が湛えられていた。

　山川は亮子の真意を解しかねるといった微妙な表情を浮かべ、黙ったままだった。

浜辺に寄せる波の単調で粛々たる音だけが響く時間が続いた。

譲山和尚の軽い咳払いが聞こえた。

ぼそりと山川はつぶやいた。

《こころだけ、ご一緒します……》

山川の短い訳言に、亮子の唇が震えた。

自分の発した言葉が日本語に置き換えられたことで、亮子の感情にさざ波が立ったように達吉には思えた。

亮子の瞳のなかにゆらめく炎にも似た光彩を、達吉はたしかに見て取った。

（やっぱりお嬢さまは、トムが嫌いなわけじゃねぇんだじゃ）

押し殺しきれない亮子のトムへの想いを達吉は確信した。

だが、居並ぶ人々はむろんのこと、山川ですら腑に落ちぬ表情を浮かべたままである。

「Good-bye…a lifelong friend.」（さよなら……永遠の友よ）

トムは笑顔を浮かべ、静かに別れを告げた。すべてを諦めきった人の淋しい笑顔だった。

この言葉を聞いたとたん、亮子の顔が苦痛に歪み、唇が僅かに開いて言葉が口を衝いて出かかった。白い歯が光った。

砂の上で、亮子の茶色い革靴がわずかに擂るような音を立てた。

（いまだ。お嬢さん、トムについて行くって言うがええら）

達吉は期待に胸を躍らせた。

だが、亮子の顔に一瞬、浮かんだ情熱の炎はすぐに色褪せてしまった。

「Good-bye…Tom.」（さよなら……トム）

亮子は口もとにわずかな笑みを浮かべて、かるく頭を下げた。古風な微笑とともに、亮子の感情はふたたびこころの奥深くに包み隠された。

達吉は亮子の心根を推し量ることができなかった。

亮子のこころをここまで抑えつけているものの正体を知りたいと切に願った。だが、それきり、亮子はすべての表情を自分の全身から消し去ってしまった。

トムは毅然とした表情であごを引くと梵天丸へ向き直った。後をも振り向かずにトムは踏み台を上っていった。

だが、崩れ落ちそうな身体を支えるのも限界だったらしい。船端をまたぐと、トムは倒れ込むような姿勢で胴ノ間に入った。

「塾長……解纜してもよろしいかと」

続いて踏み台を上り、胴ノ間に入った山川は、出航すべき時の訪れを静かに告げた。

「よし、船出だ」

舳先近くに立っていた頼母が厳かに命じた。

「おぅい。梵天を出すぞぉ」

清作が叫ぶと、乗り子たちや漁夫たちがいっせいに舷側によって梵天丸を波に押し出した。ふわりと梵天丸は波に乗った。

「ようし、精一杯《せっぺ》、漕げや」

「おーし。おーし」

艫に座った清作の一声で、梵天丸は刻一刻とオテ浜から離れてゆく。

「よいやさぁ。えいさぁ」

すぐに艫に墨書された船名が読み取れなくなった。

胴ノ間の真ん中あたりで、山川がトムの背中をさすっている姿が目を引いた。

文平を初めとする人々は、波打ち際で整然と梵天丸を見送った。

亮子は白い顔を凍らせ、砂地に立ち尽くしていた。

達吉の眼には亮子は人形のように痛々しく映った。

3

畝雲が途切れ、雲間から差し込む春の陽光が入江の水面を照らし始めた。ゆらゆらと輝く銀色の波が達吉の眼に染み通るようだった。

胴ノ間の中程に座る亮子の細い背中が、ゆったり前後に揺れている。細かな縁飾りを持つ白い絹地の日傘が珍しかった。

オテ浜でのトムとの別れは、亮子に緊張の余韻を残していた。舟に乗ってから一刻近くも亮子は口を利かなかった。

達吉もまた、元の身分が大きく違う亮子には声を掛けにくく、黙々と一心に艪を動かすほかはなかった。

梵天丸のトムの姿が何度も思い起こされて、達吉の心には、どことなくしこりが残っていた。

単調な艪音を響かせながら、高さ数十丈に及ぶ圧倒的な断崖に沿って舟は進んでいった。

中木と石廊崎の間では、大根島を初めとする無数の岩礁が、豪快で複雑な海岸景観を作ってい

外海は雲間から差す陽ざしに眠たげに光っている。舷側に寄せる波も穏やかで、潮流の激しい難所の石廊崎を越えてゆくことも、今日はさして難しいことではなさそうだった。

（このあたりは、上げ潮が始まる時には、やたら潮が速えな）

艪を持つ手に岸の方向へ流れる潮の抵抗を感じて、達吉は気を引き締めた。隠れ根も少なくないこの海域では、ある程度まで沖合いの針路を維持しなければならない。

しばらくすると、左手に断崖を切り欠いて削った石窟に貼りつくようにして建てられている石室《いろう》神社の拝殿が見えてきた。物忌奈命《ものいみなのみこと》を祀る石室神社は、五世紀に帰化人の秦《はた》氏によって建立されたと伝えられる古い社である。

拝殿の床は三丈を超える千石船の帆柱で支えられている。長く太い帆柱を切り立った断崖上にどうやって運んだのかは、伊豆七不思議の一つに数えられていた。

艪を漕ぐ手を休めず、達吉はこころのなかで石室神社に手を合わせ、下田までの海路の無事を祈った。

石室神社の背後の丘陵上には、イギリス人の設計で明治四年に我が国で十番目に作られた石廊崎灯台が望めた。

白く塗られた木造八角形の灯台を見た達吉は、このあたりの海域でニール号の機関が不調にな

ったというバチスト熟練水夫の言葉を思い出した。

やさしく穏やかなこの海が一昨日の晩は牙を剝き、八十人を超える人の生命を奪ったのだ。

(けんど、海ってのはそういうもんだら。海と生きる者は、海の御機嫌はいつも気遣ってなきゃなんねぇが)

海と闘うといった傲慢な考えを持つ漁夫はいなかった。

海からの恵みで生きる漁夫は誰しも海の大きさと恐ろしさを知っている。大自然への畏敬の念のなかに朝夕を送る漁夫に、信心深い運命論者が多くなるのは当たり前だった。

石廊崎を越えると、視界の利く日であれば、前方は新島、神津島はおろか、三宅島の島影まで望めるところである。

だが、春霞に煙った海上にはただ、銀鼠に鈍く光る空と水面が見えるばかりだった。左手には石廊崎と鷲ヶ岬の間の狭く深い入江が顔を覗かせていた。

右手に目をやると、ペリー遠征記にも「rock island」と記され、難所として悪名高い神子元島《みこもと》が見える。平たい島影の彼方の空には、鮮やかな虹が架かっていた。

虹の後ろに居座っている藍鼠色の積み雲は陽があたって縁が黄金に輝いていた。この雲が、さっきまで海面に驟雨を降らせていたのだろう。

「あれ。神子元に虹が架かってるら」

達吉は誰に言うとなく思わず叫んでいた。

「まぁ、綺麗……」

亮子の顔が日傘のなかで虹の架かる大空へと向き直ったように見えた。

「My heart leaps up when I behold
A rainbow in the sky:
So was it when my life began,
So is it now I am a man,
So be it when I shall grow old,
Or let me die!
The child is father of the man:
And I could wish my days to be
Bound each to each by natural piety」

亮子は語尾を丸くはねて、歌うように英語を口にした。黙り続けていることにも飽きたのかもしれない。

「お嬢さま、なんておっしゃったんだか?」

口を利いてくれたことにこころを弾ませて背中から問いかけると、亮子はにこやかな笑みを浮かべて達吉を振り返った。白い日傘が風に揺れた。

「吾が心の踊躍《ゆやく》せむ
み空に架かりし虹望み
幼き心も斯くありき
長ぜし今も斯くありて
老いての後にも斯くあらむ
さなくば生くる甲斐もなし
夫《そ》れ、童心は人の父なり
往く往く末に山川草木
畏《おそ》るる心、忘れまじ」

かるく目を閉じると、亮子は一聯の漢詩を吟ずるような響きをもって訳語をしてみせた。

「ふうん。子どもの時みたいに虹にこころが躍らんようになったら死んじまってもいいって、意味つら？」

達吉は、亮子の言葉を、自然に対するみずみずしい想いを失うなという警句ととらえた。

亮子は感心したように達吉の顔を見た。

「そう。山川草木の美しさに心が躍らなくなったら、人間はおしまいって意味よ。わたくしの訳詩だから拙いけれど」

はにかんだ亮子は、わずかに頬を染めた。

「それは英語の詩なんだら」

異人も自分たちと同じように自然を敬う心を持つことを知って嬉しくなって、達吉は声を弾ませた。

「あら。達吉さんは詩を詠むの？」

達吉の問いに亮子は意外そうに目を丸くした。

「いや、漁師が詩なんど詠むわけはねぇら。だけど、和尚さまにいくつか習ってるで……」

達吉は照れて口ごもった。

譲山和尚も偈頌《げじゅ》という仏教の真理を述べた難しい漢詩を作ることがある。

実を言えば、達吉も詩作を学んで、いつの日にか入間の海を詩に詠んでみたいと考えていた。

だが、詩作などということは一介の漁夫には僭越な願いのようにも思われて、内心に秘め続けていたのである。

「好きな詩は何かあるかしら？」

亮子は屈託のない調子で訊いた。

「春の詩なら、水村山郭酒旗の風って奴だら」

のびのびした春の景観を歌った杜牧《とぼく》の漢詩が達吉は好きだった。

「『江南春』ね。わたくしも好きな詩だわ。千里鶯啼いて緑紅に映ず。……いまの季節にぴったりね。でも、先ほどの虹の詩が一番好き。この詩はね、イギリスのワーズワースという詩人が歌ったものよ」

亮子はすっかり緊張を解いて、楽しげに話し続けた。

「ワアズワアス？」

達吉はようやくのことで、亮子の口にした英国の詩人の名前をなぞってみた。

ウィリアム・ワーズワースは一七七〇年に北西イングランドの風光明媚なコッカマスに生まれた。湖水地方の自然をこよなく愛した彼は、かっこう、水仙、虹と、自然から得た霊感を出発点に、自己の精神を醇化させて理想の世界を求めた。

ワーズワースの自然への思いは、純朴で情熱的な詩篇として展開され、やがて十九世紀を代表するロマン派の詩人として位置づけられるようになる。

一八五〇年に没した彼は、明治の詩壇にも大きな影響を与えた。国木田独歩の『武蔵野』がワーズワースへの共鳴に支えられた著作であることは知られている。

「そう。このワーズワースの詩はね。トムが教えてくれたものなの」

亮子の表情は変わらなかった。

「トムは詩の先生だか？」

念仏堂での夜の筆談に、トムは文章を書く仕事に就いていたと言っていた記憶がある。

「いいえ。詩だけを習っていたわけじゃなくって、わたくしはトムに英語と英国や米国の文化を学んでいたの。ワシントンでランマンさんというお宅に住んでいたときに、ご主人のランマンさんが探して下さった先生がトムよ。ワーズワースは、故郷も近いしケンブリッジという同じ学校に学んだので、トムの好きな詩人だったのね」

トムについて語りすぎたと思ったのか、亮子はぎこちなく口をつぐんだ。

日本公使館の秘書をしていたチャールズ・ランマンの家に、亮子は、幼い津田梅子とともに数ヶ月ほど住んでいた。

ランマンは『日本の指導者伝および日本帝国小史』などの著書も持つ日本通で、すぐれた文化人であった。

ランマンの眼鏡にかなったトムもまた、豊かな教養を持っているのだろう。

「達吉さん。お願いしたいことがあります」

亮子は思い詰めたようにあらたまった表情で言葉を発した。

いつの間にか緞子でできた巾着絞りの物入れを手にしていた。

「これを、あなたに託したいの」

「あ。そこを動かねぇでくらっせぇ」

亮子が腰を浮かしかけたので、達吉は艪を漕ぐ手を止めた。雑魚舟の艪は艪受けに止まっており、手を放しても波にさらわれることはない。

身体を伸ばした達吉は、亮子が差し出した物入れを受け取った。棗《なつめ》入れらしい。名物裂《めいぶつぎれ》の種類はわからなくとも、苔色の厚い絹地に金色の梅鉢と流水の模様の織り込まれた棗入れが豪奢なものであることは見て取れた。

達吉は、掌にずしりと重量感のある固い物体の感触を感じた。

「開けてみて」

瞬きの少ない瞳のままで亮子は短く命じた。

紐を解くと現れたのは、当時はセコンドと呼ばれていた懐中時計だった。見慣れぬ丸い機械は達吉の手のなかで薄日に鈍い金色に輝いた。

「兄の形見の英国製の懐中時計《せこんど》です。兄は文久の頃に手に入れてから、ずっとこれを愛用していたの。歩兵隊の隊長として出陣した鳥羽伏見の戦いにも所持していました」

亮子は言葉を切ると、宙に目を遣った。

「慶応四年一月四日。兄の戦死した時刻で止まっています」

亮子の静かな言葉が、船端にあたる波音に混ざった。

達吉はこくりと唾を飲み込んだ。

懐中時計は珍しいものだった。

達吉も下田で金持ちの商人が持っているのを見た記憶しかなかった。時計を読み取る知識はなかったが、真鍮の細い針は長短ともに上方を指して止まっていた。

たくさんの引っかき傷が残っている裏蓋には一寸ほどの九曜紋が彫り込まれていた。

吉益家の家紋なのだろうが、九曜紋にも大きく先鋭な刃物を当てたような疵がついていた。

外見上、時計は完全な形を保ってはいたが、戦場で大きな衝撃を受けて内部に損傷を受けているのだろう。

「これを……トムに渡して。お願い」

亮子は澄んだ瞳で達吉をじっと見つめ、かすかにあごを引いた。

「わ、わかりやした。間違いなくお渡しいたしやす」

達吉は時計を嚢入れにしまうと、あわてて懐に入れた。

亮子にとって大切なものを預けられた責任感のためにか、小さな嚢入れが懐でやたらに重く感じられた。

亮子は、兄の形見という時計にどんな思いを託してトムに伝えようとしているのだろう。

達吉は懸命に亮子の表情に浮かぶものを捉えようと努めた。

だが、両の瞳には亮子の内心を表現する動きは何一つ見出せなかった。

（御前さまや山川先生に聞くしかねぇら）

同じ武家ならばわかる謎なのかもしれない。達吉は諦めることにした。

「兄が亡くなってから後、ずっと肌身離さずに持っていたものなの。達吉さん、お願いね」

亮子は口元に、いくらか取り繕ったような微笑みを浮かべた。

「へぇ、お任せくらっせぇ」

天女の微笑みに達吉はどぎまぎして頬が熱くなり、ぺこりと頭を下げた。

亮子はかるくうなずいて硬い表情に戻ると、舳先へ向き直ってそれきり口をつぐんだ。

達吉は艪を取り直した。

下田に着くまでの間、達吉はふたたび亮子に声をかけることはできなかった。

舟路での亮子の静かな姿は、夜空に瞬き少なく輝く真珠星を思わせた。

達吉には、あるゆる場面で自分の気持ちを抑えなければならない武家の女というものが、気の毒に思えてならなかった。

いつの日にか、トムと亮子が晴れて相まみえる日の来ることをこころのなかで願った。

第六章　浦山風に花衣の舞う

1

達吉は、要蔵と留吉の三人で前浜から村へ登る通路沿いに立っていた。

村人総出で外務卿一行を出迎えるための作業を続けているのであった。

達吉が亮子を下田まで送って入間に帰ってきたときには、すでに梵天丸も戻ってきていた。

「要蔵、柱はもっと平らにしっかり立てろ。ひっくり返ったら大ごとだ。それから結び目もきつく締めておけ」

「へぇ……」

下男頭の冶三郎は、気難しげにぴくぴくと眉を震わせて細々と注意を続けている。

不承不承の顔つきで答えると、要蔵は柱を立て直した。

「おい、留吉。そりゃ薪を入れすぎだ。あまり入れると風が通らんで燃えにくいではないか」

「わかりやした」

素直に答えを返して、留吉は地に置いた篝《かがり》のなかから薪を三本ばかり取り出した。

常になくぴりぴりした冶三郎の振る舞いも無理はないと達吉は思った。入間村は、間もなく、かつてない尊貴な客を迎えなければならないのである。

治三郎が指図するなか、漁夫たちは三本ずつの樫の木の支柱を組んで篝を載せる作業に忙しかった。

篝は鉄で編んだ籠で、薪を入れて篝火とする。来村する外務卿や県令一行が、夜に入って村内を巡察する必要が出てきた時の便宜であることは言うまでもない。

十人ばかりの漁夫の女房たちが、風除けの土塁沿いの土手道を竹箒で掃き清めている。

何十羽という海猫が土塁の上に並んで女たちを見下ろしていた。

「ありゃあ、なんらぁ？」

三本の支柱の結び目を締め直していた要蔵のたまげた声が響いた。

午後の陽光に反射し始めた入江に目を遣った達吉は我が目を疑った。

三ッ石岬とは反対の入江左手、住吉島の向こうの庵僧の岬から、真っ黒な小山のような影がゆっくりと姿を現し始めたのである。

息を呑んだのは達吉ばかりではなかった。留吉も治三郎も口を閉ざして虚仮《こけ》のように沖合いを注視している。

「あ、あ、あれ……」

留吉はあごをかくかくと鳴らして身体を震わせ始めた。

「船だが……」

達吉は、波間に浮かぶ見慣れぬ物体を見つめながら呆然とつぶやいた。

墨色の影は庵僧の岬から見る見る全容をあらわした。鋭角な船首を持ち、やや後傾した三本の帆柱を持つその物体が船であることは間違いがない。

檣頭にも三本の帆柱から張り巡らされた綱の上にも、華やかな色彩のさまざまな旗が風にはためいている。

「船ったって、あんなにいけぇ船があるか」

留吉の声が上ずった。

船と考えるとすれば、湾口の物体はあまりに巨大だった。長さも舷側の高さも千石船の三倍ほどもあった。海蔵寺の本堂が横に四つくらい並んだ大きさと言えばよいだろう。

船首に近い帆柱と船体中央の帆柱の間に直立した赤銅色の円筒から、黒灰色の煙が薄く後方にたなびいていた。

「煙を噴いてるが、火事だか？」

要蔵は、間の抜けた声で誰にとなく訊いた。

「いや、あれは蒸気船だが。むかし下田に来たペルリ大将の乗ってた奴みたようだら。大きさも同じくれぇだじゃ」

潮錆びた声に振り返ると乗り子総代の源治が立っていた。源治は若い日に下田までペリー艦隊を見物に行ったことがあった。

だが、海外に開いていた下田が閉港してすでに十数が経つ。達吉や要蔵たち若い衆は、誰一人として蒸気船を見た経験がなかった。

「じゃ、じゃあ、異国の船だか」

要蔵は声をつかえさせて源治に詰め寄った。

「ああ。ペルリ大将のと同じで、ありゃあ軍船《いくさぶね》だら」

源治のこの言葉に、冶三郎の四角い顔から血の気が引いた。

「おい。誰か旦那さまにお伝えしてこい」

冶三郎が引きつった声で命じた。

「俺っちが旦那さぁ、呼んでくるが」

何度も転びそうになりながら、留吉は砂丘の道を駆け上がって行った。

黒船は入江の口を塞ぐような格好で動きを止めた。

重い金属のぶつかり合う鈍い音が入江を挟んだ二つの半島の崖に響いた。

「碇を下ろしたじゃ」

続けて梵天丸に近い大きさと思しき船が二艘、黒い舷側から下ろされた。水飛沫が上がった。

浜を目指して漕ぎ寄せる艀に違いない。

達吉は緊張に身を堅くした。いったい、何者が乗り込むのだろう。

縄梯子が下ろされ、水色の短い上衣を着て鍔《つば》なし帽を被った男たちが六人ずつ二艘の船に乗り込んだ。

そろいの洋装の男たちは誰もが顔色白く、金色や茶色の髪を持っていた。

多少は見慣れた姿とはなったが、こんなに大勢の異人を見るのは初めてである。

「やっぱり、異国のいくさ船だじゃ。ありゃあ、兵隊に違いねぇら」

源治は分別くさい声を出したが、落ち着かなく右の膝頭を揺すっている。

「た、大変だぁ」

要蔵は我慢も限界とばかりに空を仰いで大声で叫んだ。

「落ち着けっ。要蔵っ」

短く制止する治三郎の声も震えている。

「おうぃ。異国の兵隊だぁ」

治三郎が引き留めるのにはかまわずに、要蔵は土手に向かって走り始めていた。

「異国の兵隊が攻めて来たじゃぁ」

要蔵の叫び声に呼応するかのように、絹を裂くような甲高い若い女房の悲鳴が上がった。

悲鳴がきっかけとなって土手上の女たちは誰もが恐慌を来した。土塁上の海猫たちもわめき声を上げて四方八方に飛び去った。

「助けてくれ」

「おたた、おたすけぇ」

口々に絶叫しながら、女たちは土塁の入り口を目指してわらわらと走り去っていった。

掃除道具を入れておく小屋の前では、腰が抜けたのか年かさの女房がへたりこんでいた。

女はあくあくと声にならない声をあげて、右手を顔の前で藻掻くように動かしている。

やがて、女は這うようにして土塁のなかへと消えた。土手上の道には、放り出された竹箒があちらこちらに残された。

村人たちのあわてぶりを尻目に、達吉は思いの外に落ち着いていた。異国の兵隊がわけもなく入間に攻め込んでくることなど、あるわけがない。

この軍船はきっとフランスのもので、フーシェらの遭難者を迎えに来たものに違いない。

（けんど、兵隊が来る前に、トムを逃せてよかったが）

トムが入間に留まっていたら厄介なことが起きたかもしれない。軍船が朝のうちにやって来ていたら……。達吉は安堵に胸を撫で下ろした。

二艘の船には、続けて黒い洋装の男たちが大勢乗り込んだ。この黒服の男たちは、いちように小柄であった。

最後に紺色の長い上衣を身につけた二人の士官らしき長身の男が乗船すると、乗り込んだ水兵たちはいっせいに櫂をとった。

金属質な鋭い笛の音が入江に響き渡った。艫に立った二人の男の号令で二艘の船は一散に前浜を目指して漕ぎ寄せてくる。

艀が入江の中ほどまで近づくと、分乗している黒服の男たちは日本人らしいとわかった。山高帽をかぶった羅紗服姿は官員たちと見える。寺島外務卿か柏木県令の一行に違いない。

「乗ってるのは、異人ばかりじゃねぇら」

源治が鼻から息を吐きながら、ほっとしたような声を出した。

治三郎も低くうなってあごを引いた。

達吉たち三人は前浜の波打ち際へ歩み始めた。

砂丘上から、文平に率いられた加美家の下男下女や漁夫たち、総勢三十名ほどの村人が下りてくるのが見えた。

文平は黒羽二重の五つ紋付きに仙台平の袴という正装に威儀を正している。

付き従う人々の顔は、緊張してはいるものの、誰もが平静を保っていた。異国の兵隊が攻めてきたのではないことを、文平が諭したものだろう。村の方角からは、前浜への参集を村人に命ずる半鐘が鳴り始めた。

「たしかに、大きな軍船だな」

文平も感心した表情で沖合の軍船を眺めた。

「外務卿閣下のご来村だ。礼を失することのないようにしなければならん」

文平は声をあらためて威厳ある調子で言って、波打ち際から十間ほどの場所で自ら砂地に膝をついた。

「みんな、土下座してお迎えするのだ」

緊張気味の治三郎の声が響き渡り、村人たちはいっせいに砂地に土下座して頭を低くした。達吉も文平のすぐ後ろでこれに倣った。

波打ち際から、ズザッというような音が聞こえた。

好奇心の抑えられない達吉は、かすかに顔を上げて浜先を見た。

二艘の艀は舳先を砂浜に突っ込んで止まっていた。

櫂を手放した異人の水兵たちが左右の舷側から砂地に飛び降り、船を引き揚げ始めた。

手前の船から一人の黒服の男がひらりと飛び降りた。

男は村人が土下座している方向に走ってきた。

「足柄県属の前田と申す。入間の戸長にお会いしたい」

文平よりやや歳上かと思われる山高帽の男が近づいてきて叫んだ。

達吉はあわてて低頭した。

「入間村戸長の外岡文平です。遠路、ご苦労さまでございます」

文平の声がすぐ前から朗々と響いた。

「外岡さん。県への急報を謝します。まずは、お立ち下さい。それでは話もできません。それから、村の人たちも立たせてください」

前田と名乗った男の気さくな調子の声が聞こえた。

「それでは無礼に過ぎましょう」

「いえ。政府も県も臣民に必要以上の礼は求めません。さ、早く」

前田は村人に立つことを再度、促した。

「お許しが下った。皆、立つがよいぞ」

文平の声に達吉も勢いよく立ち上がってツヅレと股引の砂を払った。

威張りくさらない前田という公吏の顔を、達吉は好感を持って見た。

前田は気さくな調子の声にふさわしく、丸顔の明るい顔つきの男だった。好人物らしい前田は、どことなく謹申学舎の山川に似ている気がする。

「ところで、外岡さん。沈んだのは、間違いなく、フランスのニール号ですね」

前田は真剣な目つきで尋ねてきた。

「そうです。間違いありません。しかし、前田さまは、どうしてそのことをご存じですか」

文平は驚きの声を上げげた。

二十日の深夜に沈んだ船がニール号であることは亮子のフーシェらに対する尋問で、昨夜わかったばかりの事実である。すでに前田が知っていることは、達吉にも不思議であった。

「いや、二十一日に横浜着予定のニール号が、御前崎を通過した二十日の夜以来ずっと音信不通と、フランス公使館から外務省に連絡が入ったのです。初めにフランス公使館に連絡を入れたのはニール号を運用しているメサジェリー・マリチーム社の横浜支社です。そこへ航路上の石廊崎付近の入間から大型外国船の沈没という急報が入ったわけですから、これはニール号以外にはあり得ぬわけです」

前田は理屈っぽい調子で謎を解いた。

「なるほど。合点が参りました。ところで、前田さま、おいでになった方々はどなたさまですか」

文平は、波打ち際に立つ男たちへ視線を移した。

十間ほどの距離には大勢の人々が立ち並んでいた。

黒服の男たちは総勢十五名だった。軍船の士官や水兵たちが十七名。明るい灰色の平服を着た軍兵とは見えぬ異人もいた。

「寺島宗則外務卿閣下ならびに外務省官吏の方々。フランス共和国ギュスターヴ・ベルテミー特命全権公使閣下、フランス海軍砲艦『トゥーレーヌ』艦長のブリュノ・リュドヴィック中佐殿。足柄県令・柏木忠俊《かしわぎただとし》閣下ならびに足柄県属です。わたしたち足柄県の人間は、フランス軍艦に下田から便乗させてもらったのです」

前田は、波打ち際へ向き直って、いくらかしゃちほこばって答えた。

「寺島閣下はどちらにいらっしゃいますか」

文平は気に掛かるようすで尋ねた。

「あちらにいらっしゃいます。中央のフロックコートを召されている白髯の方が寺島閣下です」

前田は波打ち際の人並みのほうにかるく掌を差し出した。

達吉にも外務卿がどの人物であるかはすぐにわかった。

前田の言葉通り白い頬髯を生やした初老の男は、小柄ながら圧倒的な存在感を持っていた。

十間ほど離れていて容貌ははっきりしないにもかかわらず、痩せて血色のよくない長い顔から一閃の光芒が射しているように感じられた。

（御前さまにも負けねぇ貫禄だら……）

戊辰の動乱を責任ある立場で生き抜いてきた男は、頼母にせよ寺島にせよ、ただならぬ威を備えていることに達吉は驚いた。

艦長と思しきフランス人は、金釦の並んだ紺色の立派な軍服を身にまとって、腰には美々しい銀色の洋剣を吊っている。だが、寺島に比べると、この軍人は人物の持つ威厳という点で明らかに見劣りがした。

「この大人数では、本堂を使うより仕方あるまい。外岡どの、来村された方々を寺に案内しましょうぞ」

嗄れ声に振り向くと、いつの間にか、譲山和尚が杖を支えに立っていた。

かたわらには悄げたような顔の要蔵と留吉が立っている。

要蔵たちは軽率に騒ぎ立てて女たちの恐慌を引き起こしたことを和尚に叱られたのだろう。

「加美家では無理でしょう。和尚。お言葉に甘えます」

文平は和尚に向かって頭を下げた。

いつの間にか戻ってきたのか、前浜の空に海猫が叫び声を上げながら飛び交っていた。

2

外務卿一行と遭難者の会見場にあてられた海蔵寺本堂には、加美家から運び込まれた六脚の床几が設えられた。

布張りの床几は韮山代官所の役人の巡検時に使っていたものだった。

行基作と伝わる本尊の弥勒菩薩像を背に中央に寺島外務卿とベルテミー公使が座り、右へ柏木県令と外務省の官吏一名、左にリュドヴィック艦長と艦長の副官という順で着座した。

寺島外務卿は、間近で見ると遠目に見たときよりはずっと若いようだった。

禿頭で髪も頬髯も白いことが歳よりも老けて見える理由だろう。顔色はつやがあってしわも少なかった。

達吉が浜で感じたこの人物が放つ光芒は、近づくとさらに力強さを増すように思われた。

気難しげに結ばれた唇と鋭い眼光が、近寄りがたい雰囲気を漂わせている。この四十三歳になる蘭方医出身の政府高官は寡黙なことで知られていた。

残りの十三名の官公吏は、左右の壁に沿って板の間に端座するしかなかった。着座した外務省の官吏は青木という名で通語の役を務めるとのことであった。

また、艦長が率いてきた四人の水兵のうち二名は床几の両端に直立して護衛の構えをとり、残りの二人は本堂の外で立哨の任に就いていた。

水兵の洋装の奇妙に大きな襟が達吉の目を引いた。

当時のフランス海軍水兵の制服は、有名な白紺のボーダーシャツや装飾の赤い毛毬がついた帽子の採用前で、ゆったりとした水色のセーラー服に白ズボン姿だった。

下座には、外岡文平、北村譲山、乗り子総代の源治が座った。

救難にあたった清作以下梵天丸の乗り子九名も、いかなる下問があるかわからないことから、末席に連なることを許されていた。

(代官所のお調べのお白州みたようだら)

五人のフランス人を含め、二十人を超える洋装の男たちがずらりと並んだ物々しさに、達吉の動悸が速まっていった。

(トムのことなら大丈夫だが……)

達吉は自分に言い聞かせるようにこころのなかでつぶやき続けた。

「遭難者の方々をお連れ申しました」

冶三郎の案内する声で、貿易商のジャン・ピエール・フーシェを先頭に、バチスト熟練水夫、コックのジョルジュ、水夫のアランの四人が次々に本堂に入ってきた。板の間にジョルジュの義足の音が響いた。

「Certainement, vous êtes venu pour nous!!」

バチストは木綿縞を不格好に着流した姿で、髭面をくしゃくしゃにして叫んだ。

ベルテミー公使らのフランス人がいっせいに白い歯を見せた。

《わたしたちの迎えが来た！》

青木通詞がただちに訳語した。

「さて、今般、ニール号の遭難に際し、入間村にあっては一命を投げ打って現場に急行、艱難辛苦の末に遭難者の救助に当たられしこと、まことに我が足柄県民の誇るべきところと存ずる……」

足柄県属の前田が進行役となって会見は始まった。

前田が来村者の面々を紹介し、文平が謝辞と今回の救難の顚末を手短に述べた。むろん、トムの生存については、そっくり伏せてあった。

次いで、バチスト熟練水夫からニール号が沈没に至る経緯の事実が語られた。これは、昨夜の亮子の通詞で明らかになったことと変わらぬ内容であった。

ジャン・ピエール・フーシェは、船客の立場から遭難を語った。

《わたしは今回の遭難で、愛する妻と二人の幼い娘を失くした。すべてを失った私だが、今後もこの国で生きていきたい。わたしはこの国を愛し始めている。この国の人々のあたたかいこころに触れることができたからである》

フーシェは言葉を詰まらせた。居並ぶ人々のなかにも同情する表情が伺えた。

続いて起ち上がったベルテミー公使は、秀でた鼻が目立つ思慮深そうな壮年の男性であった。

《フランス政府は、我が同胞に対して入間村の人々が、かくも慈愛に満ちた救難活動を繰り広げられたことに多大な感謝の気持ちを抱いている。今回の遭難と日本の人々の人道的な救難活動を、我が国民は長らく語り伝えて仏日友好の礎としなければならない》

公使はよく通る中音の声でフランス政府としての謝辞を結んだ。

《海難は避けなければならぬことだが、一方で、これを完全に避けることはできない。入間の人々が今回の救難活動に示された勇敢さには、同じ船に乗る者としての誇りを覚える。また、我々、海に生きる者にとって見習うべきものである。伊豆沖を航行し、入間の海岸を遠望することは、今後、極東の海を航海する我々の大いなる喜びとなるであろう》

紺色の上着に白ズボンの士官服を着たリュドヴィック艦長は歯切れよい口調で船乗りらしいあいさつをした。

達吉は、自分たちのことを誇りと言ってくれたこの軍人の言葉が嬉しかった。現金なもので、達吉にはこの青い瞳を持つ軍人が迫力はなくとも、実に品のよい顔立ちをしているように思えてきた。

「奇しくも日仏友好の証となった今般の事故と救難の記念として、遭難者の方々に足柄県から衣類を進呈したい」

一座のなかで譲山和尚に次いで高齢と思われる柏木県令が、温厚そうなゆったりとした口調で告げた。

県令が壁際の県属たちに目配せすると、四人の県属が次々に平たい葛籠《つづら》を運んできた。

残された記録によると、柏木県令から貿易商フーシェには紬の衣類一重、ほかの三人には木綿の衣類が二枚ずつ与えられたとある。

銀縁の眼鏡をかけた県令は、後ろに撫でつけた髪もふさふさした眉も口髭も真っ白であった。

この時、五十一歳になっていた柏木忠俊は、幕政時代には韮山代官、江川英龍《えがわひでたつ》の家臣だった人物である。

野戦食としてパンに着目していた江川は、腹心だった柏木に江戸の高島秋帆《たかしましゅうはん》のところにカノンパンと呼ばれた固めのパンの製造技術を習いに行かせたこともあった。

難所であった韮山――大仁間の横山坂を迂回する横山坂新道の切開や、小田原――箱根湯本間の道路拡幅など、県令としての柏木の業績は数多い。

ちなみに進行役を務める前田もまた、元は江川家の家臣だった。甲龍《こうりゅう》の号を持つ画筆に秀でた人物で、代官所の用務のために残した絵図も少なくない。

「それでは、外交の任に当たる本職からも、あらためて礼を述べたい」

寺島外務卿が重々しく口を開いた。聞き慣れぬ訛りを持った野太い声だった。

「しばらく。しばらくお待ち下さい」

何者かが寺島の言葉を遮って、叫びながら座の中央に這い出た。

いつの間にか紋付きに着替えた冶三郎であった。

(冶三郎さぁ。どういうつもりだら?)

冶三郎は今回の救援活動でもこれといった役割を果たしていたわけではない。達吉にはわけがわからなかった。居並ぶ人々にもどよめきが起こった。

「何者か」

怪訝な口調で寺島は文平に訊いた。

「手前家内《いえうち》、冶三郎と申します。執事役を相つとめまする」

さすがの文平も青くなって答えた。

「外務卿さま、県令さま、申し上げたき儀のございますれば……」

治三郎は文平以上に真っ青な顔をしている。

目を吊り上げた四角い顔は、ほとんど土気色に変わって、唇も血の色を失っていた。

（まさか、トムのことを言うんじゃ……）

治三郎の思い詰めた表情は、達吉の不安を掻き立てた。

「よせっ。治三郎」

文平は声を尖らせて制止した。

「旦那さま。隠しおおせるものではございますまい」

治三郎は穏やかな諭すような口調で文平に答えた。開き直った表情と言えばよいのか、治三郎の顔は静かなものに変わっていた。

（やっぱりトムのことだじゃ）

達吉は腰を浮かしかけた。この場に進み出たら、かえって墓穴を掘ると思って、必死で歯を食いしばった。

「治三郎とやら、申してみよ」

寺島外務卿が低い声で先を促した。

もはや、後に戻すことはできない。達吉は目の前が真っ暗になった。

「ありがたきお言葉……。それがしこと、元浦賀奉行所与力の横川《よこかわや》治三郎《さぶろう》と申しまする。御一新に身分を失って落魄せしところ、長らく下田奉行所に出仕していた縁で外岡家に拾われし者。主人家には、海よりも深い恩義を抱いておりまする」

淡々と言葉を紡ぐ治三郎に、寺島はかるくうなずいた。

達吉も治三郎が武家の出とは聞いていたが、下田奉行所に出仕しており、しかも与力だったとは初耳であった。

浦賀奉行所与力は八十石の蔵米取に過ぎないが、達吉たちからすれば口の利けないようなお役人さまであった。

「実は、それがしの不始末から、ここな四人のほかに、一名の異人を救いおります。その者が頻りに哀訴するため、情にやむなく匿いおりまする」

治三郎は身を細かく震わせながら苦しげに、だが、はっきりとした口調で事実を暴露した。

(許せねぇが。侍のくせに何てぇ卑怯な男だら)

達吉のはらわたは煮えくりかえるようだった。

あれだけ苦心惨憺してトムを松崎へ逃がしたことが、いまの治三郎の密告ですべて水泡に帰した。

頼母や山川、亮子の顔がぐるぐると頭のなかで渦巻いた。固く握りしめた両のこぶしがぶるぶると震えた。

治三郎は我が身可愛さに、直訴の暴挙に及んだものに違いない。脇差を持っていたら、この場で治三郎を刺し殺してやりたい気持ちだった。

「その者は今、何処《いずこ》におるのだ」

寺島外務卿は、感情を表さずに静かな声で訊いた。

「詳しい事情をご存じない松崎の謹申学舎なる郷学の師範らに預けおります……。これすべて、手前一人《いちにん》の不始末ゆえ、外岡文平を初めとする村人一同には何らの責めはなく……平に平に御憐憫のほど……願い上げ奉る……」

冶三郎は平頭したが、どうもようすがおかしい。

直訴の緊張によるものにしては、腹の底からようやく振り絞り出すような弱々しい声なのである。達吉の心ノ臓が胸騒ぎに高鳴り始めた。

「この男は……密入国したる者、冶三郎一命を以て大罪を讀いまする。……何とぞ、何とぞ、主人家と入間村に御寛容なる御措置を賜りますよう……」

がほっという音を立てて、冶三郎が血を吐いた。本堂に血腥い臭いが漂った。

（あっ。冶三郎さぁ、ま、まさか……）

「冶三郎っ」

フランス人たちも口々に驚きの声を上げて床几から立ち上がった。

冶三郎は全身を痙攣させ、音を立てながら板床に血を吐き続けた。

「蔭腹を切っておったか……」

寺島の寒々とした声が響いた。

「どうかお許し下さい」

突如、冶三郎はふところに隠し持った短刀を取り出した。

誰が止める間もなく、冶三郎は首の筋を引ききった。

激しい血しぶきが噴き出した。

「や、冶三郎っ」

治三郎は血だまりのなかに突っ伏した。

文平が床几から飛び出すようにして治三郎の元に駆け寄った。

「ば、ばかな……。何という早まった真似を」

文平は貼りつく舌を剝がすように言うと、治三郎の肩を抱え起こした。

文平の羽織に血潮の染みがひろがった。

「旦那さま。恩知らずの治三郎めをお許し下さい……」

気力で保たれていた治三郎の意識が遠のいてゆく。

天井に向けられた両の瞳の光が虚ろに消え始めた。

かっと一瞬白眼を剝くと、治三郎はまぶたを閉じた。

最後の痙攣を見せた直後、治三郎の痩せた身体は文平の腕のなかでがくっと力を失った。

治三郎の頸に手を当てた文平は、静かに頭を振った。

(そうじゃなかっただら。治三郎さぁは我が身の可愛さに直訴したんじゃなかった……)

達吉は一度でも治三郎を刺そうなど考えたことを強く恥じた。

治三郎は我が身を抛って文平と入間の村民を守ろうとしたのである。治三郎を支配していたのは、外岡家に対する忠義の思いであり、村人に向けた自己犠牲のこころなのであった。

達吉は目をつぶると、拳を固く握り直した、全身に力を入れて動揺を抑えようとした。

居合わせた人々は思い思いに手を合わせて、治三郎の死を悼んだ。

清作がすすり泣く声が聞こえた。

フランス人たちは誰もが蒼白になった。十字を切ったり顔の前で手を組んだりして落ち着かなかった。

譲山和尚が付き添い、治三郎の遺骸は弥五八ら下男たちの手で速やかに本堂から運び出された。血だまりも素早く拭き清められた。

「外岡戸長。ただいま治三郎の申したことは、事実であるか」

厳かに問う寺島外務卿の声が響いた。

「トムなる英国人を匿っておることは事実です。しかし、すべてはこの文平が企みしことです。一切の責めは、わたくしにお与え下さい」

血まみれの文平は、外務卿に向かって深々と頭を下げた。

「それは違うら」

達吉は武者震いしながら立ち上がると、前後の見境もなく叫んでいた。

治三郎に向けようとしたこころの刃を、今度は自分の腹に突き立てる番だった。

「あの者は？」

寺島外務卿が文平の方に向き直って不審げな声で訊いた。

「手前持ち舟の乗り子です。達吉、お前のしゃしゃり出る場ではない。分をわきまえい」

文平は眉間に深い縦じわを寄せて叱りとばした。

達吉はひるまなかった。間違っても文平に罪を着せるわけにはいかない。

要蔵が背中から帯を押さえるのを振り切り、達吉は座の中央に進み出ようとした。

だが、まわりに座っていた乗り子たちの手で達吉は後ろから羽交い締めにされてしまった。

清作に両腕を押さえられながら達吉は叫んだ。

「旦那さぁの前ですけど、そうはいかねぇ。悪いのは俺っちだら。俺っちがトムを匿ったばっかりに、みんなに迷惑かけたが。とうとう治三郎さぁを死なせてしまったじゃ……。外務卿さま、県令さま、どうか、俺っちをお手討ちにしてくらっせぇ」

破れかぶれな気持ちで叫ぶと、達吉は清作に抗って土下座の姿勢を取ろうとした。

「三人が己が罪だと名乗りを上げた。さて、真実は匿われている英国人に訊くしかあるまい」

頭上から聞こえる外務卿の声はどこか興ありげにも聞こえた。

「達吉とやら、顔を上げぃ」

厳しい声音の下命に従って、達吉は顔を上げた。

射すくめるような寺島の視線が達吉の両眼に突き刺さった。こころの奥底まで見通すような視線だった。

「……伊豆の漁夫とは、このような不屈の面魂を持つものか」

いくらか柔和な顔になって、寺島はぽつりと言葉を口にした。

「離してやれ」

清作たちが手をゆるめ、達吉はふたたび自由の身になった。

「ところで、外岡戸長。郷学謹申学舎の師範とはいかなる者か」

達吉はこの質問も怖れていた。頼母たちに累が及ぶことも避けなければならない。

「塾長は保科頼母というお方で……」

文平は口ごもった。頼母に迷惑がかかることを怖れているのだ。

「保科頼母……」

寺島はどこか思い当たる節があるように視線を宙に泳がせた。

「何者なるか」

再度の厳しい下問に、文平はあきらめたように口を開いた。

「御一新前は西郷と名乗っておられました」

「ふむ。会津藩家老だった、あの頼母どのか」

寺島外務卿は大きく表情を動かした。

西郷頼母の名は、学識でも胆略の点でも、諸藩にあまねく知れ渡っている。

「外務卿閣下。県属を四人ばかり松崎へ派しましょう。心得のある者もおりますゆえ、英国人らをわけなく捕縛して参ります」

柏木県令が寺島の顔をのぞき込むようにして申し出た。

「いや、柏木県令。県には入間のことをお願いしたい」

寺島外務卿はきっぱりと言うと床几から立ち上がった。

「いまここに、惜しい忠義者を無為に死なせた。英国人や謹申学舎の師範たちを入間まで呼びつける間に、何かの間違いがあってはいかん。わしが行く。仏国人のことで入間まで参ったのだ。英国人のことで松崎まで足を伸ばしても、さほどに異とすることでもあるまい。仏英両国とも我が国にとっては大切の友好国ゆえな……。なに、船に乗るのは慣れておる」

寺島外務卿は後ろに手を組んで周囲の人々を眺め渡しながら、一気に話した。

寺島は、英米に何度も渡航しているばかりか、薩摩藩の船奉行だったこともあった。

「外岡戸長。早速、松崎まで船を頼みたいが」

この命には、文平としては簡単にはうなずくわけにはゆかなかった。

「すぐに出ても、妻良あたりで日が暮れましょう。明朝一番で船を仕立てまする」

「では、明朝早くにも参ろう。治三郎には気の毒をした。御坊、手厚く葬って遣わせ」

寺島はうなずくと、戻ってきていた譲山和尚にしみじみとした声で頼んだ。

「お言葉、痛み入ります」

譲山和尚は瞑目すると合掌して頭を下げた。

達吉は、明日はどんなことがあっても大沢村までついて行くつもりだった。

いざとなれば入間の責めを負って自分が腹を切る。達吉は鼻息も荒く覚悟を固めていた。

夜に入って海蔵寺では、治三郎の通夜が村人総出で行われた。

導師を務める譲山和尚が唱ずる観音経が始まると、参列者から嗚咽が漏れた。


――三つの会のその暁は遠くとも　波に入間の月を眺めむ

帰依三宝のお念仏とともに、老女たちが吟ずる伊豆八十八霊場第五十九番の御詠歌が、頼り甲斐のあった治三郎の魂を鎮めるために本堂に響いた。

暗い入間の空を焦がす篝火が、治三郎を送る葬送の火にも似て達吉のこころに迫った。

湾口に碇を降ろす『トゥーレーヌ』が綾なす灯りの渦が、達吉には、治三郎の霊の向かう幻の宮殿のように思えてならなかった。

ニール号の遭難から三日目の夜が更けていった。

3

曳舟が二艘、縦に並んで薄翠色に輝く那賀川《なかがわ》を大沢の里へと遡ってゆく。

五間ほど先を行く平田舟には、三名の山高帽に黒服の男たちの背が見えた。

寺島外務卿と二名の外務省官吏は、舟を仕立てた了圓河岸《りょうえんがし》からほとんど口を利いていない。

二人の若い官吏は岩幡《いわばた》と村田《むらた》という名で、岩幡は通詞役だと教えられた。

達吉の乗る後ろの舟の舳先近くには足柄県の前田と折原《おりはら》という二名の県属が、これも無口に座っていた。

達吉の背後には、村を離れられない文平の名代として譲山和尚が付き添っていた。

時折、花曇りの空から薄日が射しては、川底の石を包んで広がる青苔の絨毯を照らした。

——いざや神楽が舞ぃ遊ぶ　日の出はここに東山ぁ　よいやさぁ
——天の岩戸を押し開く　伊勢の社に注連《しめ》を張りぃ　えいやさぁ
岸辺の道を曳舟する平田《ひらた》曳《びき》（船頭）たちが歌う沿岸の峰輪《みねわ》集落の神楽歌が、川面のさざ波に響いた。

藍染めの揃いの長袢纏が川風に揺れている。

平田曳が曳綱を肩にかけて力を込めて堤を踏みしめる度に、爪先を守るために履いている踵のない足半《あしなか》（川舟草履）がキュッキュッと鳴った。

（この舟が大沢に着けば、トムはおしまいだら）

達吉はじりじりする気持ちを懸命に抑え続けた。

寺島は事情を聞いた後、トムを軍艦に乗せて東京に連れ帰り、英国公使館に引き渡すことになるだろう。

公使館は、トムを英国に強制的に送り還すものに違いない。そんなことになれば、執念深い兄の魔手がトムを襲うのである。

那賀川を上下する一里あまりの川舟航路は、松崎の街なかに架かる常盤橋近くの了圓河岸に居を構えていた名主でぬり屋の依田《よだ》善六《ぜんろく》によって幕末の頃に開かれた。

平田舟は長さ十八尺で幅が四尺と狭く、底が平たい。舳先に直立する棒に掛けた曳綱を曳いて大沢へ上り、舳先に立って舟を竿で操りながら松崎へ下った。

桜田、那賀、南郷、吉田と、のどかな水田地帯をゆったりと平田舟は遡っていった。

南郷の船着き場近くまで遡ると、田小切り鍬で田面をならす作業をしていた農夫たちが、仕事の手を休めていた。

船中の見慣れぬ洋装の男たちを、ぽかりと口を開けて見送る老若の姿が達吉の目を引いた。

左右の山々には葉を落とした樹林帯の間に、山桜の花が年に一度とばかりに存在を主張して咲き競っていた。

だが、山の桜も川沿いの堤に咲き誇る満開の桜も、達吉の目には味気のないものにしか映らなかった（現在の五キロに及ぶ有名な桜並木は、まだ植えられていなかった）。

黒白の鹿子斑も鮮やかな一羽のヤマセミが頓狂な鳴き声を上げながら飛び下りてきて、右舷の川面で魚を器用にくわえて飛び去った。

川舟の遡航は人の歩みよりも遅い。

達吉は飛び下りて岸辺の道を大沢の里まで走りたかった。トムに迫り来る危険を告げて逃がしてやりたい。

むろん、達吉は狭い胴ノ間から動くことはできなかった。

達吉は密入国者トムを隠匿した罪人に違いなかった。

縄こそかけられていないものの、舟のなかの身柄は検束されているようなものであった。

何よりも、冶三郎の生命を掛け替えにした直訴によって、すべてが明るみに出てしまったいま、達吉が余計なことをしたところで所詮は無駄である。

昨夜は興奮して自分が腹を切ればよいとばかり考えていた。だが、たとえ達吉が腹を切ったとしても、トムが助かるわけではない。

それどころか、これ以上、ことを荒立てれば政府への反抗ととられるおそれがある。今度は文平や頼母が腹を切らなければならなくなるかもしれない。

トムを救うために、もはや、残された道はないのだ。

那賀川は峰輪の村で大きく蛇行し、右手に明伏川を分けて池代川と名を変え、水田地帯から山峡に入っていった。

左手に赤茶色の岩城の崖が迫ってきた。この崖は大雨の後などにしばしば崩れて大沢への道をふさいだ。

依田佐二平が、大正二年（一九一三）に、明伏——大沢間の道を開いて那賀川橋を架設するまで、大沢への陸路は不便きわまりないものだった。

大沢の人々にとってなくてはならない交通手段だった那賀川の川舟は明治四十一年（一九〇八）に婆娑羅トンネルを経て下田へ続く松崎街道が開鑿され、那賀川橋が架かって現在と同じ経路の陸路が生まれたことで廃れた。

左手奥の長九郎山が眼前に迫ってきた。

池代川の川畔から、かすかな湯煙が風になびいている。いよいよ山に挟まれた湯の里、大沢である。

右岸には流れに沿って堤が築かれ、粗末な湯治宿と民家が点在している。

堤上の小道に面して、白い漆喰壁に銀鼠に光る甍を載せた依田家の長大な表長屋の棟が見えてきた。

長閑な山里の景色とは裏腹に、達吉は暗澹たる気持ちに沈んでいた。了圓河岸から落ち着きなく嚙み続けていた達吉の右手の親指の爪は、すっかりぼろぼろになっていた。

平田舟は、大屋の依田家の広壮な邸宅前に設えられた小さな木の桟橋に着けられた。

二艘の舟の平田曳が次々に棒杭にもやいをとった。

前の舟から外務卿たちが下りて堤へ上がるのを待って、達吉たちも陸へ上がった。

当然、邸内に人を派して案内を請うものと思っていた。だが、寺島外務卿は自ら一行の先頭に立って堤上の小道を渡り、すたすたと大股に長屋門に入っていった。

外務省の官吏たちが転びそうになりながら、あわてて後に続いた。達吉たち後の舟に乗っていた四人も長大な門を潜った。

（門もでけぇが、加美家の三倍くらいはありそうな屋敷だじゃ）

初めて門内に入った達吉は驚きに目を瞠った。

依田家は、庭園だけでも三千坪はあり、ちょうど三千石級の旗本屋敷と同規模の大邸宅であった。

元禄期の建築と推定されている母屋や三棟並んだ土蔵は北伊豆の江川太郎左右衛門邸と並ぶ南伊豆きっての邸宅遺構として現代に至る。いずれも登録文化財となっている。

依田氏は、平安時代の末期に小県《ちいさがた》郡依田之荘（長野県小県郡丸子町）に興った信濃源氏の一族である。戦国期、甲斐の武田氏の勢いが強くなると、信濃の豪族の多くはこれに従った。天文年間に依田下野守信守の代に武田氏に属した。

勝頼が天目山に自刃して武田氏が滅びると、依田一族はこの地へ逃れ、大沢村の名主として江戸期を生き続けてきた。

庭を掃いていた「丸に橘」の定紋の入った半被姿の下男が、突如として出現した洋装の一団を目にして後ろへのけぞった。

「外務省の寺島だ。主人に会いたい。取り次いでくれ」

威厳ある口調の寺島の言葉に、下男は口もきけなかった。

イナゴのように何度も身体を折ると、這うようにして屋敷内に駆け込んでいった。

勾配に沿って丸瓦が並ぶ本葺の堂々とした母屋は、青海積みと呼ばれる箱棟の屋根を持っていた。

寺島外務卿は取次を待たずに、海鼠壁で飾られる大玄関から邸内に入った。

達吉たちも急ぎ足で後に続いた。

奥行き五間はある土間は薄暗く、左手には格子の引戸が一列並んで部屋との境界を作っていた。贅沢な造りというよりは豪快で質実な室内であった。

土間の奥から鶯茶の細かい縞柄の紬をまとった髭面の人物が、揃いの半被を来た二人の奉公人とともに現れた。

若いが、貫禄から言っても、身じまいから言っても、依田家当主の佐二平に違いない。

佐二平と奉公人たちは、寺島一行から三間ほど離れたところで、わらわらと地に伏した。

「足柄県第十一区長、大沢村戸長の依田佐二平でございます」

佐二平は僅かに頭を上げて寺島を拝し、緊張した声で会釈を述べた。

(髭を落としたら、お内裏さまみたようだら。旦那さぁより優しそうだが……)

達吉は、知らずのうちに文平と比べていた。

口にも頬にも剛い黒髭を蓄えているが、数えで二十九歳になる佐二平は、鼻筋の通った品よい顔立ちを持っていた。

「外務卿の寺島だ。依田区長には急なことで苦労と思う」

素っ気ない調子だが、寺島は高官らしくなく、自ら進んで名乗った。

佐二平はより硬い表情を現したが、大きな驚きは見られなかった。ものに動じないさまが、名主としての貫禄と達吉には見えた。

「外務卿閣下には遠路のご来村、恐悦至極に存じます。突然のお越しゆえ、かような見苦しき体なることをお詫び申し上げまする」

「なに、此方《このほう》とて微行《しのび》じゃ。当家に滞在中の英国人、トーマス・ブラウンと、保科頼母どのに面会に参った」

寺島は表情はゆるめないものの、思いのほか気さくな調子で答えた。

「まことに、申し訳の次第も……」

佐二平は喉の奥で苦しそうな声を出した。

「依田区長。二人のいる部屋へ疾《と》くに案内《あない》してくれ」

震える佐二平の言葉を遮って、寺島は毅然とした口調で手短に命じた。

「はっ。ただいまお呼びつかまつります。ささ。こちらより客間へお上がり下さいませ」

佐二平は掌を品よくかざして、左手の一段高い和室のほうを指し示した。

「トーマスらのいる部屋は何処《いずこ》か、と訊いておるのだ」

若干の苛立ちを含んだ詰問口調で寺島は尋ねた。

「恐れ入りましてございます。奥の中庭向こうの蔵座敷でございます」

佐二平は恐縮しきって答えると平伏した。

「直にそこへ行く。岩幡と達吉だけが従いて参れ。余の者は決して客間から動いてはならぬ。堅く言い置くぞ。よいな」

寺島は随員たちを見渡して厳しい調子で告げた。

（俺っちが……）

いよいよ罪人として、処断される時が来たのだ。

唾を呑み込むと、自分の喉が鳴る音がこめかみに響いた。

外務省の官吏の一人も、気遣わしげに眉を寄せた。

「しかし、閣下……」

「わからぬか、村田。大勢で乗り込んだのでは、せっかく微行して来た意味が空しくなる。何分にも過ちを避けたい。これ以上の無益な死人を出してはならぬ」

「承知つかまつりました」

毅然とした寺島の言葉に、村田官吏は一歩すっと下がって一礼した。

土間を抜けると泉水を持つ小さな中庭を回廊がぐるりと取り囲んでいた。こぼれるように咲く八重山吹が目に沁みた。

「あちらの座敷でございます」

佐二平が指したのは、二階建ての道具蔵を改造した座敷だった。前面と左右の壁がすべて海鼠壁で飾られていた。江戸期以来、二階部分は客間に使っていた建物だった。

海鼠壁の切妻には大きな「丸に橘」の鏝細工が浮き出ていた。入江長八の作として後世に伝わる、すぐれた漆喰彫刻であった。

「依田区長。来客とだけ、告げよ」

蔵座敷の入口で引戸を開けようとした佐二平に、寺島は小声で命じた。

「……頼母さま、ご来客にござります。お通ししてよろしいでしょうか」

佐二平の声はわずかに震えていた。

階上から「お通ししろ」という頼母の声が聞こえた。

「依田区長は、戻って余の者の世話を頼む」

寺島は佐二平にささやくと、急な勾配の階段を、足音を忍ばせて二階に上り始めた。

（まるで、刺客みたいだら……）

むろん寺島は丸腰である。達吉は寺島の真意が図りかねた。

岩幡という官吏を押し退けるようにして、達吉は冷たい板を踏んで寺島の背を追った。

二階に上がると、八畳間の隅に正座した頼母と山川は、小刀を左手に引き寄せていた。

刺すような頼母の視線と、寺島の静かな視線が天井の低い八畳間に交錯した。

達吉には空中で火花が飛び散るように思えた。

一触即発という言葉が頭のなかを駆けめぐった。

達吉は息を詰めて緊張の時間に耐えた。

だが、寺島に少しも敵意のないことを覚ったか、頼母はすぐに緊張を解いた。小刀を抜き打てないように右手に持ち直して脇に置いた。山川もこれに倣った。

達吉は詰めていた息を大きく吐いた。

トムは新しい来訪者の出現に身を堅くした。

達吉が「大丈夫だ」という風に目配せすると、トムはすぐに平静な表情に戻った。

「そこもとは？」

頼母のいぶかしげな声が響いた。

「薩摩の寺島です。もとは松木《まつき》弘安《こうあん》と名乗っておりました」

寺島は畳の上にどかっと胡座をかきながら、ゆっくりと唇を動かした。

「貴殿が……」

頼母の声は呻くようにも聞こえた。

「元松平会津中将家臣、西郷頼母でござる。朝敵となりし現今は、保科と姓をあらため、江奈にて謹申学舎と申す郷学をお預かりしており申す」

頼母は儀礼的に言うと、深々と一礼した。

「頼母どの。堅苦しいあいさつは抜きに致しませぬか。わずか七年前までは、互いにこの国の行く末を憂いた者同士じゃ」

磊落で気楽な寺島の言いように達吉は驚いた。

寺島は頼母を朝敵としては見ず、世に知られた名家老として親しみを見せていた。

胸襟をくつろげたような寺島の態度につられて、ほかの人間もわずかに表情をやわらげた。

蔵と言っても二カ所に窓がとってあるので、部屋のなかは意外に明るい。

文机の上に日英の文句を書き殴った反故紙が散らばっているところを見ると、トムと山川が筆談を交わしていたものと思われる。

欅材の見台に書物が広げてあるのは頼母が書見でもしていたのだろう。

「では、寺島どの。隔意なく申し上げたい。今般のトムを匿いしこと、すべて、この頼母が企みしこと。余の者には、罪を問わないで頂きたい」

頼母は表情にこわばりを残して訴えた。

（やっぱり、御前さまは堂々としてるが）

達吉は、いつに変わらぬ頼母の態度に、何かほっとするものを感じた。だが、頼母に罪を着せるわけにはいかない。

「頼母どのまで、さように言わるる。冶三郎、達吉、外岡戸長……。己が罪という者が、これで四人じゃ。さて、困った。よくよくトムは人気者と見える」

驚いたことに、寺島は声を立てて笑った。

昨日以来、初めて見る寺島の笑顔だった。

「外務卿閣下。拙者も同罪でござる」

山川は気追い込んだ声を出した。

「貴公は？」

「失礼つかまつった。謹申学舎で英語を講ずる山川忠興と申します。拙者はもともとは幕臣でござる」

山川は照れたような表情で自分のことを紹介した。

「ご両者とも、本日は、あえて微行で参った。腹を割って話を致そう。わたしは事実が知りたい。事実を知って、よりよい処置を考えるのが、わたしのつとめだ」

寺島は誠実な表情で、一語一語を明確に述べた。

「そうそう。肝心のトムにあいさつをしていなかったな。……初めてお目にかかる。外務卿の寺島宗則だ……」

寺島はトムへ向き直るとまずは日本語で、続けて英語に直して話しかけた。

「How do yo do? I'm Munenori Terajima. I'm a foreign minister of the Japanese Government.」（はじ

めまして。日本政府の外務大臣である寺島宗則だ）

「Really?」（ほんとうですか）

トムは頬を染めて小さく叫ぶと、信じられないというような顔つきになった。

「岩幡。トムとの会話を皆がわかるように訳語しろ」

「はっ。すべて逐語に訳語致します」

岩幡通詞は若々しい声で復唱した。

《トム。君を匿ったことで五人の人間が自分の罪だと言っているのだ。事実を話してもらいたい》

寺島の問いかけは岩幡通詞によって直ちに邦訳された。

《五人も？……本当にみんなに迷惑を掛けてしまった。大勢の人を苦しめる結果になったことはこころ苦しい。外務大臣閣下まで来られたことは恐縮している。それにも関わらず、この国にやってきた目的は消失した。どうか、僕を捕まえて英国公使館に引き渡してくれ》

トムは、肩を落として悄然と答えた。

「でも、そんなことになったら、トムは殺されるが！」

達吉は、訳語を聞くと寺島の前であることを忘れて思わず叫んでいた。

「達吉っ」

山川の制止声を、寺島は右手を胸前でかるく振って遮った。

「よい。達吉、わけを申せ」

寺島はやわらかく達吉に命じた。

「トムはかわいそうだじゃ。実を言やぁ……」

達吉は懸命に口を開いた。

「拙者が代わって申し上げます。いや、この調書を……」

達吉の言葉を鋭く遮った山川は懐から念仏堂での筆談を元に書いた調書を取り出した。

「ご披見賜りたく」

山川は膝行して寺島に調書の束を渡し、一礼した。

寺島は真剣な表情で調書に目を通している。

狭い座敷に紙の擦れ合う乾いた音が響いた。

一座の者は押し黙って寺島の顔を見つめ続ける。

「なるほど。トムは英国には帰れぬわけか」

やがて、寺島外務卿は何度かうなずくと、調書を山川に返した。

「一点、この調書ではわからぬところがある。合衆国で世話になった者とは、何人《なんぴと》なるか？」

昨日の海蔵寺の時と同じようなこころの奥底まで見透すような眼光で、寺島外務卿は達吉を見据えて尋ねた。

「それは……」

達吉は唇を噛んだ。

自分の口から吉益亮子の名を出すわけにはいかない。

「では、答えずともよい。直接、トムに聞いてみよう。Tom, who do you mean?」（トム、君は誰に世話になったと言っているのかね？）

寺島は鋭い眼でトムを見つめながら、一語一語をはっきり発声して質問した。

「I'm sorry, but I can't tell you. Because, I must give her trouble....」

トムは困惑顔に答えた。

《申し訳ありませんが、それにはお答えできません。なぜならば、彼女に迷惑がかかるからです……》

寺島は岩幡通詞の訳語を聞いて後、しばらく宙に目を泳がせて考える風だったが、やがてにやっと笑った。

続く寺島の言葉は一座の誰しもが予想しないものだった。

「わかったぞ。その者が……トムが日本まで追ってきたのは、開拓使女子留学生だった吉益亮子嬢に違いあるまい」

「ぐっ、な、なんで……」

達吉は頭の後ろを棍棒で殴られたような気がして言葉を失った。

この白髯の初老の男は、人知を超えた千里眼を持つのではないだろうか。

「な、なぜです。閣下?」

岩幡も訳語を忘れて驚きの声を上げた。頼母と山川が期せずしてうなった。

「どうやら図星のようだな。なに、単なる推論じゃ。いまトムは〝I must give her trouble〟と申した。トムが世話になった者は〝her〟すなわち、女性。とすると、本邦広しと言えども、ワシントンから帰った女子は二人しかおらぬ。とすれば、上田悌子と吉益亮子の二名。帰国した際の二人に面接した。上田はただ米国の生活に慣れぬ故の帰国と見たが、吉益には深い事情があると見ておったのだ」

何でもないことのように、寺島はさらっと謎解きをしてみせた。

達吉は寺島の英明さに舌を巻くほかはなかった。

寺島の言葉を岩幡が英訳すると、トムは両耳の脇を掌で抱えて叫んだ。

「Oh boy!! I'm a fool...」（ああ、なんてことだ。僕は馬鹿だ……）

寺島は悠然とした笑みを浮かべ、親しみを込めた穏やかな声でトムに語りかけた。

「案ずるな、トム。吉益さんに影響を及ぼすつもりはない。あの娘の将来は我が国のためにも大切だ。トムが思いを掛けていたことは、ここにいる六人の胸の内に秘めておこうぞ」

「ありがとうごぜぇやす」

達吉は畳に手をついて寺島を拝んだ。

訳語を聞いたトムの顔にも安堵の微笑が浮かんだ。

「If you would do that for me, I'd be eternally grateful.」

《そうしてくれたら、一生、恩に着ます》

「しかし、トムほどの色男が海を渡って追いかけてきたのに、袖にするとはな」

岩幡の訳語にトムの顔は憂いに沈んだ。

《亮子は僕を拒絶したのだ。日本へ渡ってきた意味もない。英国へ帰ってもいい……》

自棄《やけ》になっているようなトムを何とか励ましたい。一か八か、達吉は、口に出すのを迷っていた言葉を遠慮がちに言葉にした。

「あの……。トム。お嬢さまからのお預かり物があるんだけど、ここで渡していいだら？」

トムは岩幡の訳語にうなずいて身を乗り出した。

達吉は、亮子から預かった懐中時計の入った織部緞子の嚢入れを懐から引っ張り出した。海の上で預かって以来、守り袋のように長い紐をつけて首から提げていたものだった。

寺島も頼母も山川も、誰もが達吉の掌を注視している。

達吉が袋の口を解くと黄金色に鈍く輝く丸い物体が現れた。

「ほう。懐中時計《せこんど》だな」

頼母は感心したような声を出した。

トムは時計を手に取り、じっくり眺め回したが、表情を曇らせて首を振るばかりである。

「どれ。トムがわからんとあればわたしが見よう」

寺島はトムから時計を受け取ると、矯めつ透かしつ念入りに眺め回した。

「お嬢さまの兄さぁが、鳥羽伏見の戦いで亡くなったときに身に着けてた時計だそうだら。亡くなったときに止まっちまったたって話だが」

達吉は大事なことをあわてて言い添えた。

寺島はゆっくりとあごを引いた。

しばらく考えていた寺島は、穏やかな表情で口を開いた。

「この時計を見ておると、わたしには、吉益さんの叫び声が聞こえるような気がする」

「ど、どういうわけでやすか?」

吉益亮子の名を言い当てた時から、達吉は強い畏敬の念を寺島に抱いていた。時計の謎も寺島ならば、たやすく解くものに違いない。

「吉益家の『時』は、鳥羽伏見で亮子嬢の長兄が戦死したときに止まってしまった、ということだよ」

淡々と語る寺島の声は、達吉には神の託宣のように聞こえた。

「ふむ。九曜紋にも大きな疵がついておる」

頼母は寺島の言葉に大きくうなずいた。

「さよう。吉益の家は、この家紋と同じく、維新で大きく疵ついたのだ。旗本だった亮子嬢の父御は維新後なんとか新政府の職を得た。が、幕臣中、新政府に出仕できた者が何人あると思うか。旧幕時代、殿様と呼ばれていた多くの武士は、その日の生計《たつき》にも困窮しておろう。現に亮子嬢の父御は秋田県典事とはなったが、住み慣れぬ雪深いところで苦労をしておる。そんなところへ、一族の期待を担って亮子嬢は米国に官費留学生として渡った」

話が長くなったからだろう。寺島は岩幡の英訳が終わるのを待って直ちに言葉を継いだ。

「……それにもかかわらず、眼を病み、一年足らずで挫折することになってしまった。もし、亮子嬢が、トムの気持ちを受け容れるとすれば、世人は、莫大な国費を費やしてアメリカ三界まで男捜しに行ったと誹るやもしれぬ。それ以前に、他国人と結婚するのは規則違反だ」

寺島の言葉通り、開拓使留学生が出国する際に、全員に留学規則状が渡された。その第七条には次の記述が見られる。


——海外旅行中、他国ノ人別ニ加ワリ候事、宗門あらためノ儀、堅クゴ禁制ノコトすなわち、外国人との結婚とキリスト教への改宗は許されていなかったのである。

「そんなことになれば、恥の上塗りだ。政府内にある父親は生きてはゆけぬ。いや、一族郎党までそろって死を以て汚名を雪ぐ以外にあるまい。間違いなく吉益家は瓦解断絶する。心情としてはトムの気持ちを受け容れたくとも、そんな無責任なことは、あの生真面目な武家娘には考えも及ばぬことだろう」

こころに湧き上がるものを抑えたような声音で言うと、寺島はしばし瞑目した。

(そうだったんだか。お嬢さまは、やっぱりトムについて行きたいのを、懸命にこらえてたんだじゃ)

オテ浜の別れの折に亮子を押さえつけていたものの正体があきらかになっていった。

亮子は、家族を守るためにトムへの愛を押し殺す以外に採るべき道はなかったのだ。懐中時計に託した亮子の想いを知って、達吉のこころは熱くうるんだ。

やはり、天女は決して情のない人ではなかった。

「では、吉益さんは家名を守るために……」

山川は言葉を呑み、頼母は吐息を吐いた。

「単に家名のためというより、もっと差し迫ったものだろう。父や母や弟妹たちの生命そのものを守るためと考えたほうがよいな」

この寺島の言葉はトムにも理解しやすかったようだ。

岩幡の英語が余韻を残しているうちに、トムの興奮した声が響いた。

《亮子は背負うものがあまりに多かった。それなのに……それなのに僕は、意のままに自分の想

いを彼女にぶつけてしまった》
トムは上気して唇を震わせた。彼のこころを大きな衝撃が襲っているようだった。
《僕は亮子を苦しめてしまった……》
やがて、トムは静かな表情に戻ってつぶやいた。
（よかったが。この時計がトムのこころを落ち着かせてくれたじゃ）
達吉は寺島から渡された時計をあらためてトムに渡した。
《どうかな。トム。もう一度、あらためて訊くが、英国へ帰る意思はあるか》
この時の寺島の言葉は、父が子に尋ねるような調子に聞こえた。
《申し訳ない。僕は自棄《やけ》になっていた。英国には帰りたくない。できれば、この国で生きていきたいんだ》
トムの表情は、すっきりと澄んだものに変わっていた。
亮子のこころを知り、苦しみ続けていた葛藤から抜け出たように達吉には思えた。
「さて、すべての事情が明らかになった。外交を預かる者として、トムの処断を考えなければならぬ」
寺島はトムの罪状を糾弾する審問官の顔に戻った。
《トム。訊くが、君の犯した罪はなんだと思うかね？》
《正規の旅券や査証を持たずに、この国に入ってきたことです》
トムは悪びれず素直な表情で答えた。
《そうなると、この場にいる者のうち、君と同じ罪で裁かれなければならない人間が、いま一人

おる》
寺島は厳しい顔つきになると、部屋のなかの五人の人間を見まわした。
《ほかの人間？　匿った達吉のこと？》
トムは、達吉の顔を見ながら不安げに眉を寄せた。
どんな罰を与えられても、ほかの者に累が及ばなければよい、達吉の覚悟は決まっていた。
《そうではない。その男は出水泉蔵《いずみせんぞう》との変名を使い、自ら国禁を犯して他国に密かに潜入するという罪を犯している……が、未だにその罪を償ってはおらぬ……》
出水などという名前に聞き覚えがあるわけはない。この部屋にいる人間のなかに、海禁策を破った者がいるとは思えなかった。
《いったい誰なのですか？》
トムが不思議でならぬという顔で訊いた。
寺島は茶目っ気のある笑みを口元に湛えた。
「ほかならぬ、このわたしだよ……」
達吉は叫びそうになった自分を、懸命に抑えつけた。
「ははは。トムが裁かれなければならんとすれば、わたしも裁かれなければならん。わたしは、九年前に薩摩藩士の留学生十九名を率いて英国に渡った。これは、隠しようもなく密出国でな……。当時の幕府の法度に従えば、死を以て贖うべき大罪だ。このわたしがトムを裁くのはまことに困難なる課題……」
機嫌よく笑った寺島は、まじめな顔になってあごに手を遣った。

薩英戦争に敗れ、西欧文明の威力を見せつけられた薩摩藩は、欧米に学ぶことが藩の急務という考えが主流となった。

慶応元年（一八六五）、薩摩藩は、英国に留学生を派遣した。

最大の国禁を犯す行為だけに、全員が変名を使った。彼らは甑島《こしきじま》出張という名目で、英国貿易商グラバーが用意した蒸気船『オースタライエン』で、串木野市羽島浦から英国へ向けて密かに旅立った。

英国に到着した寺島らは、ロンドン大学に学び多くの新知識を得た。

帰国後の彼らは、外交、文教、産業といったさまざまな分野で力を発揮し、明治の日本を創り上げる原動力となったのである。

当然ながら、明治に入って彼らの国禁破りを云々する者はいなかった。

ちなみに現在、鹿児島中央駅前には、彼ら「密出国者」たちを頌徳《しょうとく》する銅像『若き薩摩の群像』が建ち、訪れる者を出迎えている。

「さて……」

寺島は居ずまいを正し、トムの顔を正面から見た。

いよいよ処断が下されるのだ。

（牢屋にならー緒に入るが。けど、エギリスにだけは、還さんでくらっせぇ）

達吉の背は板のようになり、喉はごくりと鳴った。

「本邦に違法に入国せし英国人。トーマス・ブラウン。そのほうを所払いに処す」

寺島の声が土蔵の塗り壁に響いた。

（所払いって、まさか、エギリスにじゃねぇだら……）

居住地から追放する刑罰が所払いである。

日本から追い出されたら、トムの行くところはない。

「トーマス・ブラウンには函館に居住することを命ずる。年内、日延べ猶予は相成らんぞ」

寺島はわざとのように厳しい顔を作って刑を宣告した。

無言ながら、頼母と山川が、姿勢を正す衣擦れの音が聞こえた。

「じゃ、じゃあ、トムは、このまま日本にいてもいいんでやすか？」

達吉が呂律が回らなくなった口で尋ねると、寺島は微笑みながらうなずいた。

「達吉。トムが我が国で生きてゆけるように、この大沢で面倒を見てやれ。しばらく入間へは還さんぞ。それがトムを匿ったそのほうへの罰だ。外岡戸長にはわたしから話しておく」

「か、閣下、あ、あ、ありがとごぜぇやす」

有り難いの一語に尽きた。達吉は、畳に頭を何度もこすりつけて平伏した。

「Your Excellency Terajima. アリガト……」（寺島閣下。アリガト……）

トムは岩幡の英語による刑の宣告を聞く前に、達吉の態度で事態を推知していたようだった。

頬をわずかに上気させた緊張気味の表情で、ぎこちなく一礼した。

微笑を浮かべたまま、寺島は静かにあごを引いた。

「ははは、達吉、そのほうの額は真っ赤ではないか」

寺島は機嫌よく笑うと、生真面目な顔に変わって頼母に向き直った。

「頼母どの。天下の大罪人が外交の職にあるも、二十三万石の会津藩を担うておられた貴公に、薩摩の田舎の郷士の倅が人がましい口を利くも、これ皆、時代の変遷の為せる不思議でありましょう」

頼母に向き直った寺島の声は感慨深げだった。

「いや、新しい時代が寺島どののような知識を必要としておったのです。ただいまの御処断、武門の誉れに通じ、人情の機微を解し、敗者のこころを知るものと存ずる。まことに感服つかまつった。失礼ながら貴公のような賢臣が世に立たなければ国は成り立ち得ませぬ」

頼母はいったん言葉を切ると、ほっと息を吐いた。寺島の瞳を見つめると、わずかに声を震わせて言葉を続けた。

「頑迷固陋な者が政を司っていた幕政は潰えるして潰えたと言わざるを得ぬ。公儀の藩屏として三百年の威儀を保った我らが幕政に殉じたは、時代の必然なのやもしれませぬ」

部屋のなかは水を打ったように静まった。

激動の維新を生きた頼母の述懐は聞く者のこころに響いたのだろう。

「いや……。薩摩は会津に酷かでした……」

寺島が喉を詰まらせて薩摩言葉で言うと、頼母は静かに首を振った。

「寺島どの……。これから、貴公らが、どのような国を創ってゆかれるか。頼母、閑居より拝見して参る所存でござる」

頼母は威厳ある調子で言うと、膝に手をついて寺島に向かって鄭重に頭を下げた。

「不肖の身ですが、宗則、天下万民の幸いのために粉骨砕身いたします」

寺島も頼母に対して深々と頭を下げた。

勝者と敗者の差はあったが、憂国の士はお互いに相手に対する敬服の意を込めて辞儀を交わしあった。

「それにしても、函館とはよい追放先ぞ。トムが暮らすのに、異人の目立つ伊豆では何かと窮屈。函館ならば異人も多く、開明的な空気を持つ」

頼母は、寺島に向かって感心したような声を出した。

「函館ならば、進取の気分に満ちておるし、トムの生きる道も見つかるだろうと思うてな」

寺島の言葉が英訳されると、トムは達吉に視線を向けて訊いた。

「ハコダテ?」

「北の寒い街だが。俺っちもよくはわからんけど、新しいきれいな街がずんずん生まれてるって話だじゃ」

達吉は山川から頼母が戦った箱館戦争や新しい街、函館の話を聞いていた。

「トムは英国生まれゆえ、寒さは心配あるまい。しかし、暮らしには不便が多いな。……うん。これはひとつ、寒さに慣れぬ達吉に函館まで供をさせるか」

寺島は冗談でもなさそうな口ぶりで、達吉の顔を見た。

達吉はあわてて畳に手をついた。

ひろい世界をこの目で見ることができるかもしれない。

しかも、トムと一緒に!

達吉は叫び出しそうになる自分を懸命に抑えた。

花曇りの空の下、船田《ふなた》の帰一寺《きいちじ》からか、那賀《なか》の西法寺《さいほうじ》からなのか、未の刻を告げる鐘が遠く響いてきた。

4

寺島外務卿の一行が去った後も、達吉は大沢村に留まった。外務卿の命は絶対だった。達吉は次男だし、家族の面倒は文平が考えてくれるはずなので、少しも不安はなかった。

頼母と山川も昨夕のうちには江奈に戻った。

依田邸に残ったのは、トムと達吉、寺島にトムの後事を託された岩幡通詞の三人となった。

ニール号の遭難から五日を経た日は、朝から好天に恵まれた。

晴れて自由の身となり屋外を歩けるようになったトムとともに、達吉は河畔に涌く野天風呂に湯浴みに行った。

このあたりはだいぶ山が迫っていて、池代川も岩をはむ渓流と変わっている。平田舟もここまでは登ってこられない。

野天風呂は左岸の山際に設けられていた。

小さな吊り橋を渡ると、右手の湯船から白い湯気が立ち上っているのが見える。

二人は着ているものを脱ぐのももどかしく、手桶で身体を清めると、石組みの小さな湯船に飛び込んだ。

「ああ、いい湯だじゃ」

トムも隣でうなり声を上げた。

大沢の湯は透明でほとんど匂いもないが、わずかにぬめって肌にやわらかい。

万病に効く大沢の湯を、達吉は日本でも有数の名湯だと信じていた。

萌え始めた木々の葉が、湯に緑色の蔭を映している。

さえずる鳥の声が耳に心地よい。

湯船のなかで手を伸ばすと、ここ数日の疲れがすっかり吹き飛んでゆく。

こういう風呂は初めて入るのか、トムははしゃぎっぱなしだった。

身体が温まると、ふざけて達吉に湯を掛けて笑ったり、湯のなかにしばらく潜って息が苦しくなると顔を出したりした。

湯上がりに涼みとばかり、二人は川沿いの土手道をあてどなく遡っていった。

池代川の清流が小さな淵を作っていた。

「How beautiful this scenery is!」(なんて素晴らしい景色なんだ！)

トムは春の陽ざしに輝く透明な川面に浮かぶ花筏を眺めて、詠嘆の声を上げた。

「I love Japan. I hope to learn more about life in this country.」(僕は日本が好きなんだ。この国で生きてゆきたいよ)

「日本が好きだか？　俺っちも好きだが」

トムの言葉はわからなくとも、伝えたい意思はかなり汲み取れるようになってきていた。

「Let's go to Hakodate together.」(函館に一緒に行こうよ)

トムは達吉の肩をぽんと叩いて片目をつぶった。

「函館？　ああ。俺っちも行きたいが」

達吉は親しみを込めてトムの背中を叩き返した。

左右の山に咲く桜の花びらがそよ風に舞っている。

「So, a beautiful flurry of falling cherry blossoms.」（舞い散る桜の花が、なんてきれいなんだ）

トムは両手を空に差し上げて伸びをすると、胸の前に下ろして飛んでいる桜の花びらを摑まえようとした。

「ああ。桜がけっこいだら……これはサクラって言うんだが」

達吉は、風に舞う桜の花弁を一枚、掌に載せてトムに突き出して見せた。

「サクラ……」

トムはまじめな顔になって達吉の言葉をなぞって見せた。

「そうだが。気持ちのええ風《かで》が桜を散らして吹雪みたいだら」

達吉が立ち止まって青い空を見ると、トムも同じように空を見上げた。

「風は見えねぇし、つかまえられねぇ。けんど、俺っちは厭も応もなく風に巻き込まれる。風が吹いたら、吹いたなりに頑張るしかねぇんだら」

流れゆく綿雲を見つめながら、達吉は自分に言い聞かせるようにトムに語りかけた。

人の意思とは関わりなく風は吹き、風は舞う。

時に人は弄ばれて風を恨み、時に恵みを受けて風を崇める。

彼岸の嵐はニール号を襲って多くの生命を奪い、入間村と達吉のこころを大きく揺り動かした。

あまりにも多くのことが通り過ぎていった日々を振り返ると、達吉はある種の酩酊感を覚えずにはいられなかった。

だが、悲喜の波折りのなかで、トムという一人の人間に出会えた。

この奇縁は達吉に天が与えた恵みに違いない。

新しく吹く風に乗って、トムとともに函館に移り住もう。

そう達吉は決心していた。

旦那さぁも、御前さまも、寺島閣下も、家族の者たちもきっと許してくれるに違いない。

許してもらえるまで、何度でも頼み込むつもりだった。

トムと二人で力を合わせ、歩み始めたばかりの新しい日本を素晴らしい国にするための生き方を探ってゆきたい。

川辺に舞い散る桜花のなかで、達吉はこころに誓うのであった。

拾遺

明治七年（一八七四）三月二十日、フランス商船ニール号の沈没で、行方不明となった者は五十五名。漂着した死者は三十一名（フランス人二十名、清国人十一名）であり、明治時代を通じて最大級の海難事故となった。

水死者の遺骸は近隣各村はもとより、北は戸田村までの西南伊豆全域に漂着し、一体は神奈川県の相模川河口まで流されたという。最後の遺体が漂着したのは、二年後の明治九年になってからのことであった。

これらの遺体は、漂着した各村において樽詰めにして荷車で入間の海蔵寺まで運ばれ、検屍の上で、境内の共同墓地に埋葬された。

後々までの遺骸の始末は、外岡文平と村に滞在した前田甲龍が中心になって行った。フランス公使館は、両名に感謝状を贈ってその労苦に報いた。

さらに、すべての遺骸を引き受け、フランス人と清国人、埋葬時に国籍の判明しなかった者を分けて鄭重に葬ったことからも、海蔵寺住職、北村譲山の人柄が偲ばれる。

事故から二年後の明治九年三月二十日、海蔵寺境内には、フランス公使館の手によって、現在は村の文化財となっている慰霊碑が建立された。

石碑の手前左側には、前田甲龍の撰文による弔魂碑が立っている。

また、大正十五年（一九二六）九月にはフランス海軍の警備艦『マルーヌ』が、詩人としても高名なクローデル駐日大使を乗せて下田に寄港した。海蔵寺において盛大な慰霊祭が行われ、大使一行は異郷に散った同胞の魂を慰めた。

莫大な財宝を伊豆の海に失った明治政府は、決して手をこまねいていたわけではなかった。

明治八年には、白川県（熊本）天草に本拠を置いていた請求社が、政府の依頼を受けて、妻良港を基地として引揚作業を開始した。

艱難苦闘の作業の末、約二百箱の財宝のうち六十八個は、遭難より一年半後に海底から引き揚げられた。

素潜りしかできなかった時代に三十メートルを超す海底からのサルベージは信じられない事実である。だが、作業は難航を極め、翌九年九月には半分以上の財宝を残したまま、引揚作業は中止のやむなきに至った。

この際に引き揚げられた財宝のうち、蒔絵の見事な燭台や陶磁器など数点は、現在も東京国立博物館に収蔵されている。一年半の時を海底で送った蒔絵の器には際だった損傷が見られず、日本の漆器の堅牢さを世界に証明することとなった。

このときから、ニール号は百三十年を超える歳月を海底で眠り続けることとなる。

平成十六年五月、水中考古学の第一人者の荒木《あらき》伸介《しんすけ》教授（跡見学園女子大学：当時）を団長に、海底地質学の権威の根元謙次《ねもとけんじ》教授（東海大学海洋学部：当時）を初めとする研究者とダイバーたちが、「伊豆西南海岸沖海底遺跡研究会」を結成した。

研究会調査団は文化財保護法に基いて調査報告書を文化庁に提出。正倉院宝物や、源頼朝の刀と称される「銀作兵庫鎖太刀」、北条政子の手箱と言われる「蒔絵小香箱」など国宝級の積荷の回収を目指して調査を開始した。

根元教授の指導で、地質を探る高性能音波探査機、地形を読み取る磁気探査機など最先端の技術を駆使した結果、海底に船体の一部と思われる構造物の反射を確認できた。

また、多くのダイバーたちの献身的な努力によって、三ッ石岬沖の三十六メートルの海底の砂の中に埋もれる金属製の構造物を発見することに成功した。

歴史上に沈没地点と伝わっている海域と符合すること、この海域にほかに沈んだ鋼製帆船の記録がないことなどから、調査団は、構造物をニール号の船体の一部（左舷船尾付近のビット部分）であるものと断定した。

調査結果を踏まえ、平成十七年十二月二十日、静岡県教育委員会は、沈没地点である南伊豆町の海底を「埋蔵文化財包蔵地」として遺跡登録した。

海中に残された貴重な文化財の中には経年変化に強い陶磁器も含まれることから、今後の引き揚げ作業に大いに期待される。

吉益亮子は二度とふたたびトムに会うことはなかった。

佳人薄命のたとえではないが、亮子は独り身のまま、明治十八年（一八八五）、全国に大流行したコレラに罹患してこの世を去っている。

京橋に「女子英学教授所」を開いて女子英語教育を手がけようとしていた矢先のことだった。未だ三十歳の声を聞かぬうちの早すぎる死であった。

達吉とトムのその後の人生はまた別の物語となる。

《主要参考文献》

【書籍】

『南伊豆町誌』南伊豆町誌編纂委員会南伊豆町 1995

『南伊豆町史資料第1集寺院編』南伊豆町史編さん委員会編　南伊豆町教育委員会 2014

『松崎町史資料編第1集神社・寺院編』松崎町史編さん委員会編　松崎町教育委員会 1993

『松崎町史資料編第2集教育編』松崎町史編さん委員会編　松崎町教育委員会 1994

『松崎町史資料編第3集産業編』上・下巻松崎町史編さん委員会編　松崎町教育委員会 1997

『松崎町史資料編第4集民俗編』上・下巻松崎町史編さん委員会編　松崎町教育委員会 2002

『松崎町海鼠壁のある建物（海鼠壁調査報告書）』松崎町文化財保護審議会編　松崎町教育委員会 2002

『静岡県賀茂郡史（原題南豆風土誌）』静岡県賀茂郡教育会　千秋社 1995

『増訂豆州志稿・伊豆七島志』秋山富南ほか　長倉書店 1967

『焼津漁業絵図』鈴木兼平著／神野善治編　近藤和船研究所 1995

『目で見る西伊豆の歴史』永岡治　緑星社 1986

『西郷頼母——幕末の会津藩家老——』堀田節夫　歴史春秋出版 1993

『鹿鳴館の貴婦人大山捨松』久野明子　中央公論社 1988
『日本人名大辞典』講談社 2001
『和船〈1〉』石井謙治　法政大学出版局 1995
『和船〈2〉』石井謙治　法政大学出版局 1995
『プレジャーボーティングのための気象ハンドブック』馬場邦彦　舵社 1993
『風と波を知る 101 のコツ』森朗　枻出版 2003

【論文】

『仏国船ニール号の沈没』角山幸洋 1998
「ニール号破船――西陣織工の死――」富田仁 1977
『横浜居留地のフランス社会』澤護 1995
『難破船救助で国際愛――フランス郵船の沈没事件――』高橋善七 1964
『伊豆半島・須崎海村の海洋人類学――多様な海洋資源と漁撈活動――』齋藤典子 2012

本書は書き下ろし作品です。

著者紹介

1962年東京都生まれ。2014年『私が愛したサムライの娘』で、第6回角川春樹小説賞を受賞してデビュー。さらに、同作で2015年に第3回野村胡堂文学賞を受賞した。著書に『鬼船の城塞』『影の火盗犯科帳』『多田文治郎推理帖』などの時代小説、『斗星、北天にあり』などの歴史小説、『脳科学捜査官　真田夏希』『刑事特捜隊「お客さま」相談係　伊達政鷹』などの警察小説がある。

風巻《しまき》　伊豆《いず》春嵐譜《しゅんらんふ》

二〇二一年三月二十日　印刷
二〇二一年三月二十五日　発行

著　者　鳴神《なるかみ》響一《きょういち》
発行者　早川　浩
発行所　株式会社　早川書房
郵便番号　一〇一 - 〇〇四六
東京都千代田区神田多町二ノ二
電話　〇三 - 三二五二 - 三一一一
振替　〇〇一六〇 - 三 - 四七七九九
https://www.hayakawa-online.co.jp

定価はカバーに表示してあります

印刷・製本／中央精版印刷株式会社
ISBN978-4-15-210010-8 C0093

按《あん》針《じん》

仁志耕一郎

英国の航海士ウィリアム・アダムスは、荒れ狂う海原に呑まれるも豊後に漂着。やがて徳川家康への接見を契機に、関ヶ原の合戦に駆り出される。そして死地を生き延びたアダムスは、家康から日本名・三浦按針を授けられ、やがて日本を愛し、平和のために家康を支える覚悟を決めてゆく。「青い目の侍」の冒険浪漫。

ハヤカワ
時代ミステリ文庫

信長島の惨劇

田中啓文

本能寺の変で織田信長が明智光秀に討たれてから十数日後。死んだはずの信長を名乗る何者かの招待により、羽柴秀吉、柴田勝家、高山右近、徳川家康ら四人の武将は、三河湾に浮かぶ小島を訪れる。それぞれ信長の死に対して密かに負い目を感じていた四人は、謎めいた童歌に沿って、一人また一人と殺されていく……